九歌少兒書房

行政院文化建設委員會 指導

灰姑娘變身日記

陳韋任·著　霸　子·圖

評審委員推薦

杜明城：（台東大學兒童文學研究所所長）

看過電影《四百擊》的讀者大致都會獲得這樣的概念，即是青少年的叛逆大都是學校、家庭或其他管教機構所集體創造出來的。成長的過程猶如歷經風暴，能否安然抵達避風港實為個人機運。這篇小說處理的對象是一般人認為的不良少女，寫校園裡同儕的競爭、母女之間的矛盾、學生互動的微妙都能刻劃

入微。作者文字駕馭能力頗為不俗，讓故事中的角色皆能活靈活現，讀來跌宕有趣。

沈惠芳：（少兒文學名家）

作者以日記體的方式，剖析少年的困惑與徬徨；透過活潑的筆調，闡述少年的情感、情緒、家庭、學校等課題。主角堅韌的個性及努力尋找生命出口的歷程，反映了：愛是反省與學習的過程。

主要人物介紹

楊雪茹

因弄丟一隻鞋子而被戲稱為灰姑娘的國中二年級女學生。她總覺得自己在班上不夠特別，在家裡又不夠討喜，雖然有善良的心和豐富的想像力，卻對自我相當迷惘。

謝嘉純

雪茹的好朋友，也是精神支柱。然而，好朋友不一定完美，特別是嘉純的自負和偏見，讓雪茹相當不以為然。

楊貫延

雪茹的弟弟，成績優異，帶給姊姊極大的壓力。

媽媽

性情急躁，常跟雪茹發生衝突，吵得雞犬不寧。

爸　爸

為家計奔波在外，與雪茹少有機會打照面的辛苦老爸。

沈南興老師

班上的導師。一場誤會，使雪茹對他很不諒解。

戴健輝

陰錯陽差和雪茹傳成一對的別班男同學。

王凱貞

虛張聲勢的班長，和雪茹結下梁子，水火不容。

目 錄

CONTENTS

1

拯救蜘蛛人

沒想到離太陽更近還真的會比較熱。

當我把右腳放下，忠孝東路上的車輛，一整堆爭先恐後撞上我鞋尖，圍成螞蟻搬餅乾似的一圈，我想輕輕把它們踢開，不料它們像被欺負的昆蟲那樣紛紛四腳朝天，成了名副其實的金龜車——真的有那麼用力嗎？我明明就只有輕輕的！

只不過，我是整隻腳明目張膽踩在快車道上，也真難為它們了。

不管了，我走空地比較快，離一○一不過幾步之遙，只要從這些大樓一棟一棟跨過，當心不要踩死太多花草樹木。

我回頭望，信義區那片工地被我踩出一大片窟窿，活像飛碟轟炸過，加上地面上人們螞蟻般的呼救聲，對襯著我似有的獸性，我真的有比飛碟可怕嗎？我只不過是要去一○一大樓拯救那個受困的法國蜘蛛人——唉呦……沒事飄洋過海來挑戰世界高樓，還要勞駕我出馬救人。

伸手要救他，他還像吸盤一樣緊緊依附著大樓玻璃，不讓我救，我還知道什麼叫溫柔，小心翼翼地將他拔下來……這下輪到他大叫，真是夠了！我這麼大一棵，還能對他怎樣？

蜘蛛人握在手上，我往東邊一望，天啊！不得了，我看到巴黎鐵塔了——

一則喜一則憂，因為我也看到戰鬥機了，不知哪裡派來的

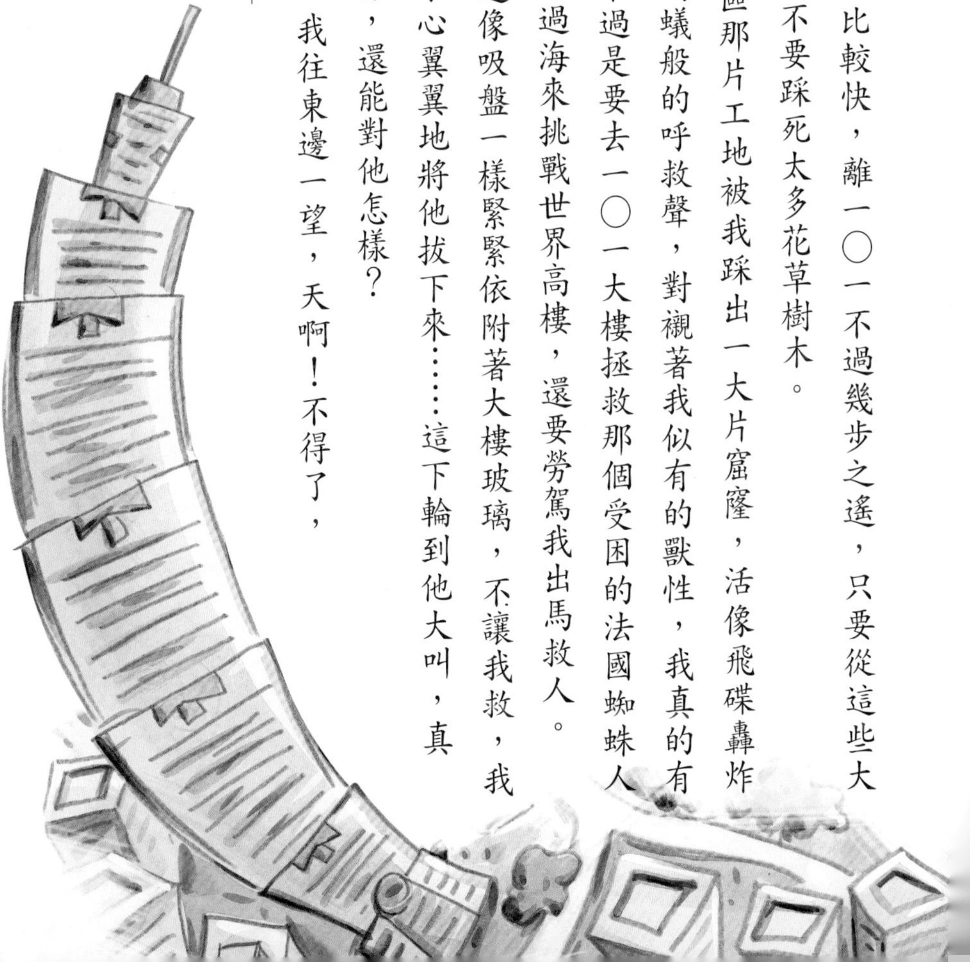

蚊子飛鳥一架架朝我盤旋攻擊，試圖救走我手上的人質……喂！有沒有搞錯，我是救人不是擄人吶！蜘蛛人困在一〇一上，沒有一個人看到？眼睛那麼大！

砰砰砰……

我的媽呀！居然還有機關槍，一發一發子彈射落在我身上，像群蜂叮咬，痛啊！

「不要再朝我開槍啦！」我大喊。

這聲怒吼，可能全台北市都聽到了。

他們不善罷甘休，圍緊我，四面楚歌起來，不誇張，就像歌舞片的排場，準備圍著我起舞似的。

HaHa……不要逼我，我的鐵砂掌是很厲害的。我不知道自己為什麼要笑，可能情況糟到某種地步，就開始神經兮兮了吧……

「哈哈……」或許我該用中文講，戰鬥機們才聽得懂。

法語的「哈哈」怎麼講？不會是Banana吧？

咦？蜘蛛人呢？我的亞倫羅伯特……從空空如也的手看下去，指縫間的景象是蜘蛛人亞倫羅伯特呈大字狀尖叫墜地，我怎麼沒把人握緊呢？

瞪大雙眼，巨大的我竟只能無力地望著他渺小的身軀直直落地，剎那間，飛旋在我腦際的是……

喀一聲，聲音不大。

我朝地板望去，護士小姐正撿起地上的筆蓋。

躺正，直視天花板，我睡多久了？運動會結束了嗎？我不由得深深吐了一口氣。

「妳醒啦？」

「運動會結束了嗎？」我揉揉眼，這動作是做給她看的，免得她說我假裝昏倒。

「還在比呢！怎麼？妳還想把一千六接力跑完？」她把體溫計塞進我嘴裡，「外面陽光那麼大，妳還想中暑一次啊？」

「我們那一組有通過預賽嗎？」

「嗯？」她蹙了一下眉頭，不算回答，也許是我嘴裡含著東西，說得不清楚。

算了，反正也不指望她可以答覆我的疑慮……我以為耳溫槍已經發明了，看來我夢醒後穿越時空回到了古代，連語言都不通，她應該梳個髮髻才對。

我看看保健室門外，頂多望及中廊一角，運動會進行中的加油歡呼聲，依稀跌跌宕宕傳進來的。

「護士阿姨，我可以先離開嗎？」我直覺把她喚成長輩，她會更高興。

「不行。」她被這個稱號惹毛了？我都國二了不該把她叫得那麼老，是這樣嗎？升上國中就沒進過保健室，所以延續國小慣用的稱謂也錯了嗎？

天哪，我抱住額頭，邊看時鐘邊想著嘴裡的體溫

計還要咬多久？如果預賽有通過，我還趕得及決賽嗎？還記得昏倒前一刻，我驕傲地把棒子交給嘉純，然後眼前一黑，整個地表在震動，彷彿地球儀上的鋸齒疆界從我腳下裂開來，我伸手向太陽求救，無奈，只能乖乖跌入地心，眼看太陽亮成一面耀眼的金牌，越來越遠……

「三十七度，妳可以走了。」護士小姐一把抽走我嘴上的體溫計。

我本來就沒感冒，嘴裡塞個怪東西，說是套個口箝以防我亂咬人還實際點。

「我的鞋子呢？」我低頭看，「少了一隻。」

「是啊！妳的鞋子呢？我不知道耶，是被王子撿走了嗎？」

我怒視她，她專注於抄寫一些例行的溫度，沒空暇理我。

等到她抬起頭發現我在瞪她時，她白衣服都已經被我眼睛燒出一個洞了。

「我是跟妳開玩笑的……」她滿臉歉意。

我別開眼，起身。

走出保健室，兩腿一高一低，走起路來就跟跛腳一樣，真滑稽，進去時只是中暑，出來後成了殘廢。

往操場邁步而去，想看看到底有沒有進入決賽，如果一千六接力有進入決賽，那我要怎麼跑？總不能叫我像灰姑娘一樣穿著一隻鞋子跑吧！

越趨近班上的啦啦隊區域，看到越來越多的笑臉，難不成是黃聖添連莊鐵餅項目冠軍？那也真是沒天理。

「雪茹，妳來啦！」看到嘉純脖子上掛的獎牌，我心臟疾跳起來。

「嗯，我……」該死，結巴，「我剛剛睡醒。」

「剛剛決賽王凱貞她幫妳跑了，結果還蠻好運的，拿到獎牌，多虧妳預賽跑第三棒，進入決賽妳也有功勞。」嘉純努力收斂臉上得獎牌的喜悅，我突然間覺得好對不起這個朋友。

我本能地伸頭尋找王凱貞的身影，就那麼不巧跟她對上了，同性相斥，王凱貞匆匆轉開眼，把尷尬避掉。也不能怪誰啊，我只記得兩個人像扛山豬那樣把我攙進保健室，我就仗著困頓與勞累，昏昏沉沉睡去。

「恭喜妳拿到金牌啊……」我禮貌性把她的獎牌拿起來看。

「妳也不必失望，這只是銅牌而已。」

「還是很漂亮啊……」我把淚忍住。

「我原本要去保健室叫妳，可是王凱貞就跟老師說她想幫妳跑——」嘉純畢竟還是說得小小聲：「如果妳來跑的話，我們早就拿金牌了。」

「是喔，妳說的是沒錯啦。」我擠出一副很欠揍的模樣來使她好過，「可是，我怕我速度太快，颳起大風把司令台拆了，那到時候獎要怎麼頒？」

「王凱貞應該把獎牌分一半給妳的。」

「好啦，沒關係啦。」

「我們去問體育組長有沒有多的獎牌可以給妳……」

「妳少無聊了，我們去吃冰，慶祝一下。」我拖著她往福利社方向走。

「妳真的不介意嗎？」

「我……」

「沒關係，等一下還有大隊接力，妳可以一展身手。」

「大隊接力我沒參加……」

「是噢……」

「我後來自願退出了啊，因為我早預料自己一千六會跑掛……王凱貞呢？她有參加嗎？搞不好可以換我卡她的位子。」

「她也沒參加。」

「喔。」

「我等一下去幫妳問問有沒有哪個女生想退出的。」

「不用了啦！反正我也沒鞋子。」

「應該掉在操場了，待會兒找找吧。」嘉純臉上浮現一抹調皮的笑意，「說不定被蔡明達撿走了，還要勞駕他幫妳穿上咧！」

嘉純丟了這句話就跑，我飛也似的追上去，猶如彌補錯失的田徑決賽。

國二運動會就此可以說是提早結束了。

2 洪水

「蔡明達，你很強喔！沒想到一百公尺冠軍被你搶走了！」

「對啊！竟然中斷八年九班方瑞德的連莊之路，真是有夠厲害！」

放完幾天假，大家還沉浸在運動會的餘溫裡，蔡明達因為拿到百米金牌，瞬間衝上風雲人物寶座。

當他們忙著回味運動會時，我也把頭低得死緊，深怕有人把我錯失接力決賽的事情拿出來炒，雖然沒能拿到獎牌很遺憾，但是讓一堆人來議論自己的失落，我會更尷尬。

「蔡明達，楊雪茹的鞋子沒救回來，可見你還是跑得不夠快……哈！」

天哪！

「黃聖添，你夠了沒啊！?」我從椅子上彈跳起來，「一天不糗我是會怎樣！」

「哦！灰姑娘生氣了，那我們派蔡明達出來好了，看是不是比較合妳胃口……」

「對啊！蔡明達，你去嘛……人家楊雪茹很想你耶！」

「蔡明達艷福不淺喔……」

哼！班上的臭男生每當這個時候最合作，沒關係，我就挑被譏為娘娘腔的周哲宏來代罪：「是喔，那你們是不是要先問問周哲宏的意見啊？」

周哲宏揚起頭，還搞不清楚狀況，全班已經把目標轉移到他身上，噪音的方位也逐漸朝他移去。

我避開周哲宏的眼神，其實心裡是覺得有點對不起他的。

左顧右盼，嘉純不在教室，應該是去福利社了……跟誰去呢？怎麼沒有約我？

我當場被冷落在一旁，找不到一個島可以靠岸，嘉純不在，我就不知該找誰說話了，看看四周幾堆女生各自開小組會議，我甚至懷疑她們是不是在說我壞話。

升上國二重新編班，現在也才過一學期，其實心裡蠻羨慕這些男生，他們就是這樣自然而然迅速打成一片的，好奇怪，為什麼男生會比女生更容易合為一體？女生不管到哪裡，永遠都是小團體、小團體、小團體……分了太多派系，總會有人落單，記得上學期生物課老師突然宣布要分組，我心臟怦怦亂跳，好怕老師把我供在講台上對著全班問：

「有沒有哪一組要收留楊雪茹？」

好在，後來這個成全最大公因數的犧牲者不是我，而是考最後一名的邱美惠，不出意外的眾望所歸人選。不過我想，我自己也是低空飛過，好在死黨嘉純再怎樣都要跟我同進同出，不然我還真不知道該怎麼辦。

上課鐘響，嘉純及時追在導師沈南興後頭進教室坐好，我心跳不覺加快起來，因為跟嘉純一起進教室的竟然是王凱貞，那個搶走我獎牌的人。

王凱貞匆匆把一罐麥香紅茶擱在老師桌上，然後裝成分身乏術的可愛小姐模樣，手忙腳亂站回座位喊著：「起立——敬禮——」

小小幾個動作，詭計一覽無遺，誰不知道她很做作呢？

偷偷觀察嘉純，發現她也喘得很愉快，我心裡不禁難受起來。

「班長，妳是中樂透啦？」老師看看那罐麥香紅茶。

全班大笑。

「沒有啦，老師，就是上次我晚了一天才把作文簿送到你桌上，希望你不要扣同學的分數，是我個人的疏失。」

「喔，那妳應該買十五塊的啊！這樣老師怎麼喝得夠？」

全班笑得更樂了，我看嘉純也笑著，忍不住自己也把嘴角揚起，隨著嘉純進入她所處的情緒裡。

「老師，要是下次王凱貞慢一個禮拜，不就要借水桶來裝給你喝嗎？哈……」

「好啦，班長，妳的心意老師了解，可是老師不喝飲料的。」老師對著坐講台前的邱美惠說：「邱美惠，妳要不要喝？」

這下笑聲更大了，簡直要把教室震垮……我也忍不住笑起來，因為就是很好笑。

「有什麼好笑的？」

「老師，你不要製造內亂，等一下王凱貞會找邱美惠算帳……」

王凱貞瞪了說這句話的黃聖添一眼。

老師無可奈何地對我們搖搖頭，逕自拿了飲料放在邱美惠桌上。

「老師，我不要。」邱美惠怯怯地拒絕。

「老師請妳喝的，為什麼不喝？」

邱美惠搖頭不語。

「老師，就跟你說她怕王凱貞叫她賠一罐嘛……」

「黃聖添，你再講話我就叫你出去外面罰站！」全班這下子噤了聲，老師嘗試再跟邱美惠溝通：「邱美惠，喝沒關係啊！班長又不會對妳怎樣——對不對？班長。」

「喔，對啊……」王凱貞顯得不知所措：「好同學有福同享是應該的啊！」

大家不作聲，但胃裡都在吐，吐給了腸子，她講這些話是發自內心才有鬼。

老師好像聽到我心裡的話，嘆了口氣，要大家翻開國文課本，開始上課。

整堂課，我都在猜嘉純為什麼要陪王凱貞去福利社，王凱貞的部下夠多了，學藝股長、風紀股長都是，加上一些雜七雜八的小老師，她簡直可以組成一支王凱貞夢遊仙境的撲克牌兵團，既然如此，為什麼還要把嘉純搶走？

我真的好怕等一下放學，萬一嘉純對我說沒辦法跟我一起走，那我該怎麼辦，難不成要跟邱美惠一起回家？

想著想著，我視線被地面勾住，原本以為是一條蜈蚣爬過來，仔細看原來是一灘水緩緩往這邊擴散。

「老師，邱美惠偷小便！」我才回過神，就聽到有人這樣叫嚷著。

「哇……」

後面的同學都站了起來，劃一地朝地面上爭看奇觀，嘖嘖稱奇，一些被波及的甚至縮起腳，這堂課看來是不得善終了。

「好臭喔！」

「天哪！什麼世界……」

「邱美惠……」看著由邱美惠位置擴延出的黃色水漬，老師這下也啞了，不知該說什麼。

「那是紅茶，不是尿啦！」嘉純站出來講了。

真的耶……這時，大家才發現邱美惠腳下踩著剛剛那罐鋁箔包飲料扁掉的屍首，這場水災就是這樣發生的，大家議論紛紛，彷彿離題討論起了火災。

「同學們安靜！」老師拍桌，怒不可遏：「吵什麼吵？都八年級了還這麼不像話！」

好戲正要上場，大家等著看鬧劇要怎麼收拾。

這時我和蔡明達四目交接，隨即敏感地避開。

「康樂股長先帶同學去操場自由活動，值日生留下來整理教室。邱美惠，妳跟老師來訓導處，老師要跟妳談談。」

值日生？不就是我跟嘉純嗎？我們倆面面相覷，憋不住，笑了出來。

2 洪水

「妳都不知道，剛剛妳去福利社的時候，男生又在講我跟蔡明達了！」當教室剩下我跟嘉純時，我試探性抱怨著，想引她透露一些突然跟王凱貞友好的線索。

「唉，誰教上次那麼巧，妳剛好跟蔡明達一起進教室，又遇到理化課那個白目老師開玩笑說你們出去約會，這種被雷打到的機率都成真了，還能說你們沒緣嗎？哈！」嘉純邊講，邊拿著水桶走向洗手台。

「我才不要跟他有緣咧！」我朝她喊過去。

「那妳要叫他再跑快一點，百米金牌不夠看，這回要把閃電的速度追過去才行。」

「喂，妳這樣說很過分！」

「雪茹，快來看、快來看！」

我趕忙追出去，學著嘉純倚在洗手台朝對面大樓好奇地望去：「看什麼？」

「妳看訓導處，老師在那邊教訓邱美惠。」

「哇……她哭得好慘喔。」

「對呀！老師有必要罵得那麼難聽嗎？」

「妳又聽到老師罵什麼了？」我肩膀朝她一撞，真想把某人撞出她腦袋，「換作是我，會哭得更難過。」

「老實說她的行徑也很詭異，好端端幹麼把飲料踩破來引人注意，她又不是跟妳一樣，換了一雙新鞋。」

我白了她一眼：「那我問妳，如果妳是她，被嘲笑成那樣，飲料還喝得下去嗎？」

「嗯，有同感，邱美惠真的蠻可憐的，如果我是她，一定會盡量考好一點。」

「好奇怪，為什麼大家都那麼排擠最後一名？」我等嘉純回答，水卻搶先溢出，「滿出來了啦！妳很浪費水耶！」

嘉純把水桶一抓，水溢在我鞋子上：「來！我們去把教室沖乾

淨！」

「妳確定不用拖把？」

「拖地多累啊！妳在家還拖不夠？」

我們站上講台，不經地板同意，把水嘩啦嘩啦一倒，整個教室霎時淹滿了水，大理石地板上了一層淡褐色，恍若遭惡魔占領，我們蹲下，蹲在漂流的島嶼，靜靜望著無可挽留的洪水將教室淹沒。

「我剛剛去福利社回來遇到王凱貞，所以順道一起進教室，妳不會介意吧？」

「不會。」我搖搖頭，看著水往走廊逃去。

3

假公主

算因果輪迴吧，回到家第一件事就是被媽媽叫去拖地，學校沒做的份無聲無息溜到家裡等我，我比誰都驚訝。

媽媽只花了一秒鐘就把我臉上的錯愕表情解釋成不情不願，於是補上一句：「下次鞋子再弄丟，拖一百次地都不會買給妳！」

我搖搖頭，懶得跟她解釋，顯然這種微妙巧合，已經超出她所能理解的範圍。

「妳布鞋怎麼黑了？不是剛買的嗎？」

「沾到土了……」我低頭，看鞋說故事，是土沒錯啊——

「沾到土也不是這種黑法啊！」

「因為濕了咩！」我不耐煩地：「下午又是體育課，當然會黑掉啊！」

「妳騙誰啊？今天又沒下雨。是不是沒有買NIKE的給妳，妳故意弄髒的？」

「天哪！」我的老天爺，「我馬上把鞋子洗成新的，這樣妳高興了沒？」

我把話丟下，就往陽台走。

「妳去哪裡啊？我話還沒講完。」

「我去拿拖把拖地啊！難不成妳是叫我修剪花圃？」我諷刺地說著，頭也不回，「喔，對不起，我忘了我們家住在公寓八樓，想修剪花圃，可能要到大安公園去！」

這下子，媽突然不作聲了，挺可怕的，我蹲在陽台角落裝水，有點擔心她突然伸手抓住我頭髮，或是趁機把我鎖在陽台，上次就是跟她吵架，她故意把我鎖在外面吹風反省，爸回家才把我救出來；不過，這回她應該是被我的驚人之語嚇到哽住，放棄跟我鬥法了——有時候，我的話就跟咒語一樣，這一點我深信不疑。

不過我還是把水轉小了，這樣就可以晚點再進去面對她。

晚餐後我把三人份的碗洗掉，今天爸又沒回家一起吃，其他剩菜我照例用保鮮膜封上，爸回家可以加熱吃。

進房間前，我順道望了望弟弟皇宮的門縫，看

到媽在裡面「指導」弟弟寫功課。

說指導是有點勉強的，因為少有人比我老弟厲害。他現在小學六年級，大人最在意的數學科考滿分是家常便飯，再多幾個心算、珠算比賽冠軍當配菜，獎狀多到只差沒把牆壁貼滿，六月畢業前，家裡的熱門話題就是押弟弟會拿市長獎或議長獎。

有一次我說錯話，將校長獎脫口而出，換來媽的白眼。

另外一次，弟弟請教我英文習題，媽竟然叫我不要吵他。

我真的很希望弟弟升國中去讀私立明星學校，不要過來跟我同校，免得到時候大家又比來比去，我國小時期看弟弟上司令台領獎狀已經看得很膩了。

回到房間，唉……明天早上地理小考，下午發禮拜二的英文考卷，外加體育課打排球分數，沒有一樣是讓人期待的。

令人期待的只有發作文簿吧，老師這次會不會把我的作文念給全班聽呢？上次老師念了蔡明達的作文，讓我好羨慕，只是那類「如何做個好學生」的論說文我不會寫，所以好學生就讓給別人去當吧。這次自選題目發揮，我自認寫得還不錯，如果老師把我的作文念出來，就可以讓班上同學知道，其實我楊雪茹也是有專長的。

唉……在班上，總覺得自己沒有特色，比成績不上不下，比耍寶又沒黃聖添厲害，比人緣我歸入隱形人那一隊才勉強有存在感，比漂亮——饒了我吧！

抓了鏡子朝自己猛照，我把眉頭皺成誇張的八字，示範便祕的表情。

「我漂亮嗎？」

點點頭，又搖搖頭：「魔鏡哪魔鏡，可以告訴我八年八班最平凡、最沒特色、最沒有個性的人是楊雪茹嗎？」

「妳自己都知道答案了還問我？」

「我不能問？妳凶什麼凶啊！」

「妳要多跟謝嘉純學學，看看人家受歡迎、心地又善良……」

「我心地不善良嗎？」

「別忘了妳跟王凱貞有心結！」

「那妳去問王凱貞啊！是不是她先對不起我的？」

「她家住士林區耶！我不想跑那麼遠。」

算了！我去收mail，搞不好嘉純會寄信給我。丟下鏡子，我往弟弟房間跑去。

弟弟背著媽在「練功」，整個喇叭聲關小，魔獸的打鬥聲隱約傳到門邊。

「楊貫延，電腦借我收一下信。」

「沒空。」弟弟頭沒回。

「拜託，你又不是在用功。」

「我玩一下而已，很久沒玩了。」

「我要跟媽講。」

「不要啦！」弟敷衍地看了我一眼，沒在求我，也不是很怕。

「那你讓我收信啊！幾分鐘而已。」

「等我這關過了再說啦！」

弟真幸福，爸媽為了讓他「贏在起跑點」，還擺了專用電腦供他使用，照爸薪水袋和我身高的成長速度比較來看，除非我升高中自己去打工，否則很難有一台自己專用的電腦，當初買電腦媽還口口聲聲說兩個人共用一台就好了，到頭來我的需求還不是被冷落在一旁，冷到我都懶得加熱了。

我嘆口氣，走回房，客廳突然傳來女人哭聲。

嚇死我，趕忙跑去一探究竟，卻看到電視裡兩個女人抱在一起哭。

「我還以為發生什麼事，」這部電影好像重播過好幾次了，「怎麼哭那麼慘哪！」

「她們相認了，原來英格麗褒曼真的是她的孫女。」媽揩掉眼淚邊回答我，跟弟一樣頭也沒回。

莫非是遺傳？

「這是什麼片啊？」
「真假公主。」
「難怪會穿那種衣服。」我橫過電視機走向大門。
「雪茹，妳要去哪裡？」
「出去走走。」
「幫我買份晚報。」
媽低頭掏錢，動作之誇張稱得上小規模的翻箱倒櫃，我杵著等她把銅板找出來。
電視機裡的對話逕自進展著，她剛剛那麼入戲，現在倒也不在意看漏了什麼；突然間，我、媽、電視，成了再明顯不過的等腰三角形，而電視證實了自己是真公主，那，我就是假公主囉——
「喏！」一枚十元硬幣落在我手裡。
母后，我這就去幫妳買報紙……
我在騎樓晃蕩，其實是想等爸回來。

照這個時間看來，爸一定是加班了，在我們這個家，一家之主的加班晚歸時間，正是最難估算的。爸晚上吃了什麼？便當嗎？希望不是便利商店加熱那種。

我常會幻想爸從公事包裡掏出關刀、斧頭等武器，揮汗灑血對抗著我們的學費、生活費，然後拉遠，媽、我和弟，津津有味吃著魷魚絲緊盯電視戰況，原來爸是在演一部娛樂妻兒的動作片。

我們越是往負數鑽，爸就別無選擇越要向上攀爬，這又讓我想起數學課裡的座標圖表。

當不事生產的我和弟都呈–X低於水平線的狀態，唯一可努力的，就是在縱向Y軸上力爭上游，可惜我成績中等，游不過弟弟，所以我的座標位置等於是最爛的（–x，–y）。好在這四分之一的範圍，還有很大的空間可以供我游動，有時候嘉純進來陪我，我會好過一點，反正已經沒有餘地可以退步了。

除非再多出一個Z軸，天哪……

3 假公主

我把媽給的十塊銅板投入公共電話，撥了嘉純的手機。

「喂，嘉純？」

「雪茹喔，妳電話沒顯示耶。」

「妳在做什麼？」

「上網啊！妳快登入即時通，我正在跟玉娟聊天，我們可以一起聊！」

「……」唉，要我在家上線那真是天方夜譚。

「怎麼啦？不快樂啊？」

「沒有啦，只是在想說，明天發作文簿。」

「放心啦！妳的文章一定會被念出來的，憑妳楊雪茹，我對妳有信心！」

「我現在可以去妳家找妳嗎？」

「不太好吧……我爸媽都睡了

——哈！」

「妳在笑什麼？」

「玉娟說她家的狗今天追著那個討厭的鄰居狂吠——」

「替我跟那隻狗問好。」

「啥？」

「呃——我是說，替我跟玉娟問好，我電話快沒錢了，拜。」

「早點睡喔，拜。」

掛了電話，我往下蹲，環住脖子，心情不好不壞。

等一下要怎麼跟媽交代那一份晚報呢？

被罵一下算了。

4 吃人樹

沈南與老師把作文簿抱進來的時候，滿臉怒容。

我想，再怎麼笨都看得出老師心情不好，而且再腦殘都聯想得到這跟邱美惠位子空著有關，所以毫不意外，全班安靜得跟冬眠一樣。

「我想，你們應該都看到邱美惠今天沒進教室了。」老師怒目掃視全班一圈，大概也把整潔度偵測掉了，「邱美惠已經辦理轉班，從今天開始，她不再是你們同班同學了，這樣你們高興了嗎？」

整個教室瀰漫著肅殺的氣氛，大家頭低低的。

「黃聖添！」

黃聖添微微把頭揚起。

「你可以告訴我，是誰上個禮拜把邱美惠的書包丟到一樓的嗎？」

「是……」

「大聲一點！」

「是我。」

「沒吃飯啊！當你拿成績單譏笑邱美惠的時候，是這麼小聲的嗎？」老師用力吁口怒氣，只差山羊鬍沒飛起來：「還有，邱美惠說，她抽屜裡的美術作業被撕成兩半，誰做的？」

大家偷偷觀察彼此，沒人承認。

「不敢承認是不是？全班眼睛閉上！」

唉，只得照做，黑摸摸一片。

「趁現在大家都閉著眼睛，勸你舉手承認，老師不會罰你，要不然，等老師公布人名的時候，你就沒面子了。」

有人會舉手嗎？老師是不是在套我們啊？希望那個人趕快承認，不然大家都不好過，我可不想整堂課都閉著眼睛。

……想微睜眼睛偷看，又怕被罵。

「好，手可以放下了。大家睜開眼睛。」

呼，好緊張，有如看完恐怖片走出電影院。

「邱美惠轉到八年十一班去了，你們可以去看她，如果你們還有臉的話。」老師坐下，「老師該說的都說了，下次誰再欺負同學、排擠同學的，老師會直接請你們家長過來，不會對你們手下留情。」

劫後餘生，鬆了一口氣，全班竟露出相同的表情。

「現在發作文簿。」老師坐下，用力拍了那疊本子，像是打了我們，「蔡明達！」

我心裡一怔。

「老師這次請你們寫自創的故事，蔡明達還是最高分，不過老師今天沒心情朗誦，你們可以去跟蔡明達借來看，觀摩一下。還有，注意錯字，到現在還有人把賽跑的賽寫成鼻塞的塞，出去不要跟人家說你們的國文老師叫沈南興。」

我像一顆失望的氣球，慢慢消氣。腦裡浮現自己文章裡那株吃人樹張牙舞爪的樣子，為了想這個故事我連隔天數學小考都沒準備，蔡明達到底寫了什麼？難不成是吃人花？

老師停了停，拿起一本簿子，若有所思。

「楊雪茹。」

老師叫了我的名字！我眼眶湧進淚水，其實第二高分也不錯啊！

我朝嘉純笑，她也笑望著我，我很高興，好像我們一起完成了一件了不起的事。

「楊雪茹，妳可以過來一下嗎？」

笑容慢慢從臉上流失掉，好奇怪，老師怎麼會叫我過去？

我還是起身了，帶著疑慮往講台走。這段路，老師頭壓得低低，沒看到眼睛，我著實難以猜測他想說什麼，全班鴉雀無聲，大概也納悶接下來會發生什麼事，剎那間，我像是一位穿越兩列步兵、走向國王位置的公主，隆重而優雅。

「老師對妳的文章印象深刻。」老師抬起頭看我。

「是喔。」我不確定該回答什麼。

「整篇文章，句子、情節都很棒，這是一篇很有想像力的故事。」

「謝謝。」我這才笑了。

老師並沒有立即回應我的喜悅，反而垂下頭，我的臉開始僵掉，無所適從。

「妳老實說，這是妳自己寫的嗎？」

我懷疑自己聽錯了：「是啊！這當然是我自己寫的。」

「很難相信，」他搖搖頭，否定我的說法：「這篇吃人樹的故事，寫得太生動了，幾乎沒有什麼可以挑剔的——楊雪茹，妳老實說，這篇

故事是不是從哪裡抄來的？」

「我說了！這是我自己寫的，你為什麼不信我說的呢？」我火了，幾乎忘了面對的是自己的導師。

「因為跟妳以前的作文成績差別太大了！」老師也激動起來，粗魯地把簿子往前翻，「妳看，〈如何做個好學生〉——七十八分，〈人生的苦與樂〉——七十六分，這篇更扯，老師圈起來的錯字，改都沒改！妳教我怎麼相信這篇吃人樹是妳寫的？」

「寫論說文跟寫童話故事當然會不一樣啊……」我哽咽，說不下去。

「不一樣在哪裡？妳說。既然妳寫得出這種文章，請妳發表一下寫作的道理，讓我好好見識一下。」

老師把雙手環在胸前，洗耳恭聽。

我只想把岩漿倒進他耳朵。

全班目瞪口呆盯著我看，我一點都不羞愧，因為我根本沒做錯什麼！

「如果我國文考一百分，你就會相信是我寫的了，是這樣嗎？」我朝他大吼，「那要是我考兩百分呢？你會不會嫌我寫得不夠好？吃人樹乾脆改成吃人森林好了！」

「楊雪茹！」老師怒不可遏。

「怎樣！」

「立刻到外面罰站！」

「那簿子還我！」

老師把作文簿往門口一丟，我大搖大擺走過去撿，有如示威。

「楊雪茹，妳放心，我不會花時間罵妳的，因為不值得浪費大家的上課時間在妳身上——同學們，課本打開！」

我把簿子緊揣在胸前，怒視著老師，今後，我不會再尊重他了。

「翻開第五課，老師要抽背上次教的名詞解釋……」

我流落教室外的走廊，隔壁班同學伸頭好奇朝我望來。

全班宛如困在柵欄裡的乖巧羔羊，任由惡霸老師對牠們剃毛。

那我是什麼？大野狼嗎？

前排邱美惠位子空下來，意味她是被押上屠宰場的第一隻羊。

那空座位或許該貼上一張尋人啟事，好提醒旁人它曾經存在，或是由我來接棒，頂替她那飽受欺壓、排擠的身份。

嘉純淹沒在羊群裡，並沒有對我投以「接下來該怎麼辦」的暗示，我轉向欄杆，倚著看風景，彷彿在故意激惹老師對我咆哮一句：「站好！」以引來震驚更多人的師生「溝通」——屬於走廊的、本校八年級的、巨大的溝通。

粉筆聲在身後噠噠奏響，將黑板敲擊得格外刺耳；我想像木製的黑板、講桌、門窗，全都變回它們原來的模樣——樹，自以為是藝術家的山羊鬍老師受困於吃人樹林裡，一寸寸被吞噬掉。

「老師真的很過分！」嘉純忿忿不平，幫我把拉環打開。

「剛剛妳怎麼不對他講？」我擦著眼淚。

「我不行啊！他在氣頭上，大家都遭殃。」

我灌了口飲料，氣泡嘶嘶爬滿食道。

福利社裡，大家都朝我們這邊看，好奇我在哭什麼。瓶身流下水滴，浸濕了作文簿，瓶上印著可樂，我可一點都不樂。

「隨便啦，反正我又沒做什麼事，大不了撐過這學期，九年級就重新編班，不用再看到他了。」

「妳這麼高興重新編班啊？」

嘉純這麼一說，我忽然想起來了：「萬一九年級我們沒有同班呢？」

「那也沒辦法啊……」嘉純的回答讓我有點失望，我把她當最好的朋友，她卻說得好像頂多船上少一個人似的。

我氣在心裡，拿起可樂大口大口灌下。

「是莊怡芳耶！」

噗！我滿嘴飲料噴出來，招來旁人訕笑，原來我有喜劇天分。

可能是我太引人注目，八年二班莊怡芳也看過來了，嘴角帶著善意，那天生就掛在她臉上，這個我可沒辦法。

「人如其名，」嘉純壓低聲音：「真會『裝』。」

我搖搖頭，不予置評，不少同學都認為老師的兒女在同校念書必定享盡特權，所以免不了會有先入為主的敵意，我雖然沒那麼小心眼，可是也不得不承認，如果今天吃人樹的故事來自莊怡芳的作文簿，一定是順利拿高分，搞不好還會躍上校刊。

「妳剛剛很好笑耶！整個噴出來，一堆人都在注意妳。」

「鬧出了作文抄襲這件事，以後還會更多。」我聳聳肩，不以為意，傳言應該已經在教室蔓延開來了。

「妳可以趁這個機會走火爆路線啊！妳不是一直嫌自己不夠特別、沒有個性嗎？這是一個好機會啊！搞不好妳會因此成為班上最有個性的人，甚至八年級的風雲人物喔！」

「饒了我吧。」我搖搖頭，擺擺手。嘴巴這樣講，但是心裡倒是認真思考起嘉純話中的可行性。然後我又發現，我剛剛舉手的誇張姿態，引來了更多目光。

或許，我真的是一個很特別的女生，只是缺乏一個機遇來看到更多采多姿的自己。也就是說，如果我行事風格再鮮明一點，或者更引人注目一點，我就能從別人的反應裡，看到自己對他人的影響，然後，我就會更認識自己了。嘉純說得很有道理，我要活出自己的格調。

上課鐘響，臨走前，我又問了嘉純一個問題：「妳剛剛有偷睜眼睛看到誰舉手嗎？那個撕邱美惠東西的人。」

「沒有耶。」嘉純拉起我的手，往教室跑。

或許下一步，我可以充當正義的偵探，揪出撕碎邱美惠畫紙的真凶，那我就成了神探「福兒摩絲」啦！

我邊跑邊想著，不由得露出了笑容。

5 蛋捲盒

很意外，當天同學一個接一個絡繹不絕走到我位子，最後乾脆通通圍起我好奇追問這件事，並不是我料想中的難堪局面，大家沒有指著說我缺德、沒品、卑鄙……反倒很佩服我竟然敢這樣跟沈南與老師講話，我突來的失控脾氣，反而搶盡了鋒頭。

「老師也真是的，這有什麼好大驚小怪，每次交週記，大家還不是抄來抄去的。」黃聖添這句話或許註解了他們這麼寬宏大量的原因吧。

一週大事抄來抄去當然沒差啊！黃聖添真是無厘頭。不過，繼上回運動會暈倒，又一次，我成為大家目光的焦點，這可要好好把握，不要讓熱度熄滅了。

無巧不成雙，我總算用上了這句成語。晚上發生一件很可怕的事。吃完飯大約七點，門鈴響起來，爸爸還沒回家，你猜，會是誰來拜訪呢？

「這位是……？」媽問道。

「我是雪茹學校的教務主任，我姓張。」

我貼在房門聽到教務主任竟然來了，第一個反應就是翻找作文簿，卻怎麼找都找不到，這才想起，作文簿忘在福利社了。可惡，老師竟把教務主任請來我家！

我懊惱地抓起枕頭用力把自己蒙住，隔絕掉世界上的一切……

不行！我不能當鴕鳥，不論他們怎麼數落我，我都要堅持自己的原則，我沒抄就是沒抄，要吵就來吵，大不了轉學。

可是嘉純怎麼辦，要叫她跟我一起轉學嗎？

我決定面對現實，躡手躡腳往客廳逼近，卻發現媽對著教務主任笑嘻嘻的，一點都沒有生氣的樣子，弟也在一旁。

「……加上我們學校最近還有增購圖書，你們家貫延如果來念——」

教務主任意識到我靠在牆邊偷聽，尷尬地朝我笑笑，像在打發我。

「雪茹啊，學校教務主任來，妳怎麼躲起來了？」

「好吧，我去倒杯水。」

「張主任，不好意思。」媽又叫住我：「雪茹，張主任今天特地來邀請弟弟到你們學校去讀，妳要多學學弟弟啊！聽到沒？」

「我耳朵又沒關上，妳講那麼大聲，我會聽不到嗎？」

「雪茹！」

「楊太太，妳不要生氣，雪茹在學校表現也不錯……」

「這孩子——」

我腦袋快炸了，看著茶几上的蛋捲盒，我索性將它拿來當話題：「咦？怎麼會有蛋捲？張主任，你還送禮啊？那麼客氣……」只是不幸那鐵盒肚子裡塞滿雜物，生鏽已久。

「雪茹，我看妳是皮在癢了！」

諧仿媽媽的嘴臉，果然惹來她怒髮衝冠，張主任也很窘，連忙滅火：「楊太太，我看我先走了。」

張主任狼狽收起尷尬的笑，逃之夭夭。

媽媽眼看我剝奪她享受虛榮的權利，怒而叫我把所有考卷、作業簿、成績單攤開來，她要檢查個一清二楚……

幾分鐘後，我跪坐地面，整理著紙堆裡若有似無的學業成績，說真的，如果不是媽粗魯地把它們全部倒出來，我還不知道書包裡有這麼多東西。

另一種噪音從隔壁房間悠悠傳進門，我當然知道媽在找什麼，升上國中後，媽只打過我一次，這回她要以我成績不佳為民主教育的正當理

由，處罰我剛剛不識大體，丟了她的臉。

「姊，媽在找棍子耶……」弟弟在門邊探著一顆頭，小聲跟我說。

「我知道啊。」我答得蠻不在乎，反正我活該。

「我這邊有一些九十幾分的考卷，已經改成妳的名字了，給妳。」

「給我這個幹麼？」

「妳拿給媽看，媽就不會打妳了。」弟弟怕得好像有顆炸彈在倒數計時似的。

「這你不必管。」真不知他是單純還是無知，「我不怕，又不是沒被打過，再說，你這樣塗改，騙不了媽的。」

「可是——」

「怎麼？你怕被波及到啊？那就關進房裡把門鎖上啊！」

滿肚子火，我就近朝他怒吼，算他倒楣。

「貫延，你在這邊幹什麼？快出去！」

媽鐵青一張臉倚在門邊，手握一把抓癢用的如意棒，像門神配關刀。

「媽！妳不要打姊啦！」弟脫口說出這句話時，我鼻子一酸，趕忙把臉撇開。

「媽要打誰不必你管，你只要把書念好就好，快出去，這是我和你姊的事。」

紙捏在手心，幾乎被我揉爛。

「媽……」

「貫延，你聽到沒有？你沒看到你姊剛剛對張主任是什麼態度，我今天不教訓她一頓，改天還得了！」

「妳說夠了沒啊？」我猛然彈跳起來，「給妳啊！給妳看啊！」

我揣起手上的試卷，朝她丟去：「看妳女兒在學校考那什麼爛成績丟妳的臉！要看全都拿去！一次看個夠，以後少來煩我！」

紙張在房間裡天女散花，連弟也嚇傻了，媽沒等最後一張落地，發狂一樣朝我衝過來：「妳這孩子，日子過得太好了！今天非教訓妳一頓不可！」

媽推開弟，正當竹棒高舉——

電話鈴響了，棍子在空氣中定住，結冰。

「張主任打來了，」媽氣急敗壞朝客廳走去：「萬一妳弟沒學校念，我一定不饒妳！」

喘著怒氣，這才發現自己整張臉漲熱。

弟縮在角落抽泣。

「找雪茹？她現在沒空！」

一定是嘉純打的，我飛也似的奔過去：「電話給我！」

「現在雪茹正在做功課，妳不要再打來吵她了。」媽說著把電話掛了。

「很過分欸！妳憑什麼掛掉找我的電話？」

「妳那什麼態度？剛剛帳我都還沒找妳算！」

「什麼帳啦！」我發瘋一樣大吼：「我是欠妳什麼了啦！妳說啊！

我欠妳什麼了？我整天在家裡被妳罵假的喔！妳除了罵我還會做什麼？妳說啊！」

「妳……妳真是把我氣死！」媽氣到發抖，連棍子都握不住，落在地上，只喀了一聲，不多也不少。

「我看妳也不用浪費力氣打我了，我這就走，省得妳活受罪！」

我把門打開，臨走前抓住機會摔個驚天動地。

到樓下，原本是急著找公共電話回電給嘉純，可是摸摸口袋，猛然發現沒錢。

正當束手無策，一輛汽車駛來，把光狠狠灑在我身上——是爸的車！

我趕忙躲到暗處，剛好騎樓有個廢棄的電動機台，恰恰把我遮住，一時之間，我也說不準這台機子是救了我還是害了我。

我看著爸試了好多遍才把車弄進對面停車格，明明停好了，還仔細調整到準正，有如爸口中的兵役生涯每天早上摺棉被那樣仔細。

替爸心疼起來。入夜，他一定又餓又累，還要分神會不會擋到行人；車沒停好會開罰單嗎？如果會的話，爸那些錙銖必較省下來的錢，還不是為了養我們。

車熄了火，爸卻還不出來，他在車內做什麼、想什麼呢？是不是買了我最愛吃的滷鴨翅，偏偏鴨翅太黑，融進椅座成了保護色，一時之間找不到了。

擋風玻璃黑摸摸，什麼都看不見。我心裡空猜了一下，再暗中數秒，打定主意如果數到五，爸還不出車門，我就不回家了。

五、四、三、二、一。

唉，數到十好了！

不巧，我身旁鐵門這時出現動靜，被用力往上拉。

我有如落跑的賊，拔腿就往騎樓另一端死命逃脫。

到底要逃避什麼？我也說不上來，我只知道自己往家的反方向奮力奔去，不知是哪裡來的力氣。

6 老師的女兒

到了嘉純家路口，我仰望她的窗戶。

可憐的我連樓下大門都進不去，該學電影那樣朝她家窗戶丟石頭嗎？恐怕會引起公憤吧！

我看看四周，靈機一動，想到一個好方法。

走進她家樓下的網咖，我坐下來打開即時通，要嘉純下樓來找我，順便帶錢幫我付二十塊一小時的檯費。

謝天謝地！她在線上，不然今晚我真的會很慘。

「妳又跟妳媽吵架啦！這麼愛吵，搬來我家算了。」

我喝著她順便帶給我的飲料，用吸管把嘴堵住，不想回答。

整個網咖都是煙味，我只想咕嚕咕嚕趕快喝完離開這裡。

「妳說話嘛！搞什麼自閉呀？」

「對了，妳還沒說妳打電話給我幹麼！」我把問題丟回去。

這一丟，在她臉上起了作用，一抹愁苦慢慢在她臉上擴散。

「到底怎麼了啦！妳這樣我很替妳擔心耶！」

「妳知道整潔月繪畫比賽揭曉了嗎？」

「是喔，妳有得獎嗎？」我猜大概是沒有。

「我得到第二名。」

「恭喜妳呀！嘉純，妳真的好棒！」我抱著她笑叫起來。

「妳知道第一名是誰嗎？」嘉純冷冷把我掙開。

「誰啊？我哪知道有誰參加。」

「是莊怡芳啦！」

「她？怎麼可能，她不但會寫書法，還會畫圖喔！這麼厲害……」

「妳不知道喔！靠她爸在學校當老師，所有獎都被她得光了啦！」

「妳怎麼知道？說不定她本來就很會畫圖啊……」

「黃聖添MSN跟我說的，他今天被罰留校打掃，看到所有得獎作品都已經貼在學校公布欄了。」

「好啦，不要生氣，下次再搶第一名嘛……」我一時之間也不知該如何安慰她。

「不管啦，我才不信她會畫得比我美，妳記得我上次畫的那隻企鵝嗎？」

「妳是照著雜誌描的……」

「還是畫得很漂亮好不好？那張紙又沒有很透明！」嘉純把我的手緊緊握住：「雪茹，陪我去學校好不好？」

「我……」我裝傻：「我們不是原本就要上學嗎？」

「我是說我們現在一起去學校啦！」

「現在？」裝完傻還要裝驚訝。

「對啊！我要看看那個莊怡芳到底畫得有多漂亮，不然我今晚真的睡不著。」

「不要吧，晚上學校都有校工在看守耶……」

「那算了，我自己去！」她兩手一叉，生起悶氣。「我還以為我們是最好的朋友，枉費我什麼都挺妳……」

「嘉純，妳不要這樣啦！」我環顧網咖四周，旁人一定覺得我們很幼稚，付錢進來吵架，再吵下去，檯費就要變四十塊了！

「好啦！我陪妳去學校看。」

「妳真的願意陪我去學校嗎？」嘉純像瞬

間盛開的花朵。

「不然咧？飲料都喝了，難不成要我吐出來？」嘉純嘻皮笑臉朝我雙頰一捏，臉胖成大餅，我突然覺得自己像加菲貓。

黑摸摸的中廊，果然公布欄多出了好多張整潔月繪畫比賽得獎作品，黑暗中真有幾支掃把在圖上掃著掃著，怪嚇人的。而最讓我擔心的事情發生了，我一眼相中最漂亮的那一張，果然下方標著：第一名八年二班莊怡芳。

有什麼好爭議的呢？

「雪茹妳看，明明就是我畫得比較好！」嘉純這樣問真是強人所難。

「這裡好黑，我看不清楚，明天再說啦……」

「哪會不清楚啊？妳看我畫的畚箕，比例那麼完美，我還用尺畫的咧！可是妳看莊怡芳畫的，哪有人家畚箕長這副模樣的！」

「她顏色也著得不錯啊！妳用彩色筆畫，她用水彩，妳當然會輸她啊……」

「什麼叫做我輸她？我明明就畫得比她好看。」

「好啦，妳說了算，明天再找人公評，我們快走啦！」

「不行，雪茹，不要敷衍我，都來到這裡了，妳要說清楚，到底誰畫得最好看！」

「我……」我為難地逐一看著牆上各式各樣的打掃圖樣，真希望自己手上也變出一根掃把，好讓我騎上飛走。「好吧，既然妳真的要聽，我只好說了。」

嘉純眼睛瞪大。

妳們兩個畫的都沒第三名來得好看。」

「第三名？」她皺起眉頭打量著：「八年十一班，戴健輝……妳認識他啊？」

「關我認不認識他什麼事？妳不就問我誰畫的最美嗎？」

「可是——哪裡好看妳要說啊！我怎麼覺得他把人的手畫得太長……」

「妳看過『醋溜族』的漫畫嗎？」

「嗯。」

「裡面的人物體型修不修長？」

「可是腦袋沒戴健輝畫的那麼大啊！」

「唉……」我在想該怎麼掰下去，「嘉純，我真覺得妳應該多多看一些國外插畫家的作品，上次我看一本知名的繪本，裡面人物都是這樣畫的，妳想想看，外星人不就是這個模樣嗎？嘉純，妳一定要跳脫世俗的想法，才能更上層樓，拚過莊怡芳！」

她聽完帶點猶豫看著我，我趕忙拍拍她肩膀，一聲加油把她的疑惑揮去。

她這也才終於被我說服：「聽妳這樣說，好像真有那麼一點道理……我的天啊——」嘉純瞬間變臉。

「怎麼了？」我也緊張起來。

「校工在巡邏啦！我看到光了。」

「那怎麼辦？」環顧四周，超空曠的，一定沒得躲，完蛋了！

「跟我來！」嘉純拉住我就往一旁教室跑。

好在教室門沒鎖，不然我們可就糗大了。

黑暗中兩個女生抱頭蹲踞在教室角落，外頭晃過威脅性命的光……似乎是最近韓國鬼片最常上演的戲碼。

不行！我不能怕。

嘉純突然咯咯笑起來。

「還笑！」

「妳不覺得很好笑嗎？我們兩個大費周章跑來這裡一較第一、二名的高下，到頭來，戴健輝才是藝術家。」

「我覺得自己今天才好笑……」我抱住膝蓋，希望嘉純不要覺得我

多慮了，「我還以為全班會圍攻我。沒想到——」

「沒想到他們還蠻崇拜妳的，對不對？」

崇拜？

「其實同學還不錯啊！」我忍不住露出笑意。

「我就說嘛！從明天開始，就是妳楊雪茹的皇朝，我謝嘉純要退位囉！」

嘉純說著，起身，往教室後方走去：「差點忘了，這裡就是八年二班……莊怡芳他們班，壁報做得也不怎麼樣啊！」

「妳該不會要說，他們教室布置比賽得亞軍，也是托莊怡芳的福吧？」

「哼，車子畫得超醜的。」她聲音從暗處傳來，格外詭異。

「喂，妳不要亂動人家的東西喔！」我緊張地站起來，霎時窗外又閃過一道光，我趕忙趴下。

靜候外頭的腳步聲離開，我小心翼翼狗爬到嘉純旁邊，壓低聲音：

「好可怕，我們快離開吧！」等我捕捉清楚黑暗中的嘶嘶聲，才發現原來她在憋笑。

「哈……妳好白痴，剛剛動作超好笑的……」

我無可奈何地白了她一眼，偏偏太黑了她又看不到。

「喂，嘉純，說真的，妳說黃聖添今天被罰留校打掃，為什麼？」

「我不知道耶，他即時通沒有講。」

「該不會邱美惠的畫紙是他撕的吧！」

「不會吧，雖然黃聖添愛耍寶，但是不至於會做這種事啊！」

「我想也是，不可能是男生幹的。」

「不然妳猜是誰？」

「……」

「妳猜是王凱貞對不對？」

「我不猜她的話，就代表我們已經和好了。」我沒好氣的。

「還和好咧！妳們有吵架嗎？」

「沒吵架啊，可是也沒建交過，特別是運動會被她擺一道之後，她還有臉跟我講話才是有鬼。」

「這裡黑摸摸的，妳不要講鬼……」

「不管啦！」我越想越氣，站起來：「就因為她當班長，又刻意孤立我，就變得好像我天生顧人怨一樣！我不會讓她稱心如意的！」

「嗯！有骨氣，我支持妳！」嘉純拍拍我肩膀：「我偷偷告訴妳，其實我也懷疑邱美惠的美術作業是王凱貞撕的。」她湊近我耳邊輕聲講著，好像怕被誰偷聽似的。

「真的嗎？」

「妳不覺得她嫌疑最大嗎？每次掃地時間，她就要找邱美惠麻煩。」

「對啊，真是太過分了！」我更加忿忿不平：「可憐的邱美惠，在八年十一班不知道過得好不好。」

「八成也好不到哪裡去吧……」

「我們一定要讓王凱貞自食惡果！」

「怎麼做？」

「方法是人想出來的。我就不信她能作威作福多久！」

回家之前，我跟嘉純順便去個廁所，從來沒在晚上的學校這麼做過，挺可怕的。

更可怕的事情還在後頭……

「喂！小朋友，半夜妳跑來這邊幹麼？」校工與我們緣分未盡，在我先行走出女廁洗手時，終究被逮到了。

「我……我晚自習……」我情急撒謊，老天保佑嘉純別突然從廁所冒出來，我怕校工會被嚇死。

「晚自習可以穿拖鞋嗎？哪一班的？」

「九年二班。」我趕緊隨口挑個數字。

「快，快回教室去！」

丟下這話，他擎著手電筒再往別處踉踉蹌蹌走去。嘉純已經憋笑憋到快不行了，她步伐不穩，撞在我身上。

「笑笑笑！有什麼好笑的？」

「雪茹，怎麼每次壞事都會被妳遇到——哈……」

每次壞事都會被我遇到？

「真過分，第二名獎金多少？」

「不曉得，兩百塊吧，好像。」她拭去眼角的淚。

「妳要請我吃芒果冰！」

「一碗要八十塊耶！」

「我知道有一間五十塊的。」

「五十塊還是很貴啊……不然，我們一起吃。」

「說定囉。」

往校門走去，看看天空，剛好是月圓。這個晚上真是很不一樣。

「對不起，害妳逗留到這麼晚。」

「反正他們也不會擔心，我已經不是第一次亂跑了。」我聳聳肩，假裝不在乎，「我敢保證，我爸回家後甚至不會知道我不在。」

「是喔，好可憐……」嘉純大概很難理解這種家庭生活吧：「我看戴健輝也是蠻可憐的。」

「為什麼？」

「名字筆劃那麼多，考試對他很不公平。」

7 小辮子

接下來幾天，王凱貞變出一個吸引同學目光的新方法——她頭上多出兩團髮球，仔細一看，是辮子拱成的圓圈。國二又還沒讀到地球科學，她打扮成這樣是為了討好哪一科的老師啊？

「哈，牛糞，大家看，是牛糞耶！」黃聖添形容得不夠貼切，我看倒像響尾蛇。

看著一堆女生搶著聆聽毒蛇小姐大方相授編髮神功，我心裡實在很

不是滋味。

拿起週記，我往蛇窩走過去：「王凱貞！」

女同學們聞言紛紛讓開一條路給我，不輸保齡球瓶散倒。她們一定是訝異我膽大包天，怎麼沒叫她「班長」。

「王凱貞，我要交週記。」我重喚一次，以讓她們確定沒有聽錯。

「喔。」她煞有其事拿起名條做登記，我感受到她心中一抹戒備的不安。

「那種編髮器，我家也有一個。」我對她的頭髮示意。

「編髮器？」旁邊的同學竊竊私語起來。「真的還假的……」

王凱貞顏面無光，不安地調整一下坐姿。

「雪茹，妳說的編髮器是哪一種啊？」終於，有人代表發問。

我拿起王凱貞的橡皮擦把玩著說起來：「喔，小時候我媽買了一個芭比娃娃給我，那種芭比有附編髮器，可以把頭髮編得又細又漂亮。」

我放下橡皮擦，朝王凱貞的頭頂一指：「她那種髮型，可能要多弄個一小時……」

說完，我憋笑，轉身。不指望我說的話被採信，但起碼達成挑釁的目的了。

「等一下！楊雪茹。」然後我聽到王凱貞喚我。

我回過頭挑戰地望著她：「怎樣？」

「妳只有週記要交嗎？」

「不然呢？」我感受到女同學們像看到兩顆炸彈對決一樣，紛紛往後退了幾步，更遠的男同學卻反而被引信燃燒的嘶嘶聲吸引了過來。

「親師懇談回條呢？老師沒請妳交給我嗎？」

周遭同學突然又被她騙了——「親師懇談？」「有嗎？」「不是還很久？」

我臨危不亂，答道：「沒有什麼好懇談的。」

「喔，是這樣喔？我還以為在上次作文抄襲事件過後，老師會想跟妳家長好好談談，看他們是怎麼教小孩的……」她一字一句都像刀一樣，往我割來。

「啊嗚！」後面傳來以黃聖添為首的歡呼聲，他們男生應該沒見過女生吵架吧。

我吁口氣，一時下不了台，突然眼角瞄到邱美惠空出的位子，情急之下脫口而出：「就算有，也輪不到妳來收吧！……我的親師懇談回條要交給妳？那妳的親師懇談回條要交給誰？邱美惠她父母嗎？」

我的妄語引來一陣譁然，朝王凱貞方向緩緩湧去。

我直直朝教室外走，嘉純緊跟在我後面——

「哇！雪茹，妳真是猛……把我嚇死了。」

「她自找的！」我繼續走，假裝怒氣未消，心裡暗暗鬆口氣：還好她有跟上來。

「可是妳沒憑沒據，這樣亂誣賴她……」嘉純用力把我拉住，我們停在人來人往的走廊。

「我沒說錯啊！妳看她弄那種難看的肉包髮型來學校，女生還要假裝真的很漂亮一樣，我不殺殺她銳氣怎麼可以？」

「我是說邱美惠的事情！沒有人可以證明是王凱貞撕的啊！」

「那天一定有人舉手，我不信沒有人看到！」

「有人看到也沒人敢講啊！妳真是笨！」

「我笨？」這下我生氣了：「現在妳倒罵起我來了！是誰鼓勵我一定要走出自己格調的？」

「可是……」

「可是什麼？可是我實在是太笨了是不是？好！那我找一個最聰明的方法，保證讓妳服氣，我們去找沈南興老師問個一清二楚，到底是誰把邱美惠畫紙撕掉的！」

「雪茹！」

「雪什麼茹啦！現在已經回不去了，我如果退縮，不抓住她的小辮子，以後就只有被欺負的份了，妳想要看我變成下一個邱美惠嗎？」

「……」嘉純陪著我一籌莫展，突然又大罵：「看什麼看啊！」

我順著嘉純視線的方向看去，發現她正惡狠狠瞪著旁邊教室內的一個男生。

那男生臉上帶著一抹笑意，往別處走去。

「那個臭男生一直在偷瞄妳！」藉助剛剛那股焰氣，嘉純這下比較能跟上我的情緒了，「雪茄，跟妳講，妳現在千萬不能亂，一亂就完蛋了——」

「戴健輝！你很白痴耶！不是這樣玩的啦……」

此話傳來，我和嘉純像鏡裡鏡外一樣，不約而同定住，錯愕地緩緩把頭轉向發出這個聲音的方向。

剛剛那個偷看我的男生，掐著另一個男同學的脖子呵癢，弄得他直討饒：「不要啦！戴健輝，你欠扁喔你……哈……」

我們趕忙退到一旁的洗手台，竊竊朝他們教室

望著：「原來他就是戴健輝——」「八年十一班……」「妳要感謝他讓妳拿第二名！」「他是不是愛上妳了啊？剛剛一直在偷看妳！」

我朝嘉純手臂用力一打：「不要亂講！」

「很痛耶！……完蛋，我看到邱美惠了，我們快走！」

「差點忘了邱美惠已經轉來十一班了……」嘉純和我做賊般偷偷摸摸離開，我轉頭看邱美惠，她和同學有說有笑，似乎很快樂。

「呵，戴健輝，看起來就是一副筆劃很多的樣子。」

這時，上課鐘也剛好響了，嘉純顧自說她的，我心裡卻掛念著邱美惠現在過得好不好。

隔天，升旗典禮頒發整潔月繪畫比賽獎狀，嘉純終究避不開與被我幾句話拱出來的「藝術家」戴健輝同台的命運，當然，她前面擋著她最痛恨的第一名——莊怡芳。嘉純沒有明目張膽朝莊怡芳的後腦袋亂瞪，但是我遠遠都感覺得出，她心裡很不是滋味。嘉純是一塊大磁鐵，好的

壞的都被她吸住了。

可怕的是，頒完獎，訓導主任講出了簡單的幾句話，竟讓我們班惶惶不安：「最近，有發生八年級同學作業簿被撕毀的事件。希望大家有糾紛好好溝通，或請師長調解，不要為所欲為，一旦被抓到，訓導處這邊一定記過處分！」

我們班面面相覷，邱美惠的事都過那麼久了還拿出來講？而且明明就是美術課畫紙，又不是作業簿……不論如何，丟臉丟到司令台，我們八年八班真是沒救了。

都是她害的！我狠狠瞪了王凱貞一眼，用以代替嘉純瞪莊怡芳的眼神。

晚上，我面無表情地跟媽媽討校外教學的費用三百塊，媽叫我等爸回來跟他拿，分明就是不想給我，她甚至還補上一句：「教什麼學啊？一天到晚往外跑。」好像校外教學是我願意的一樣。自從上次晚上賭氣跑出去，媽現在還在氣，她是不可能不生氣的，沒有其他精神生活可以調劑身心，我只好被拿來「用」了。沒差啦！反正跑多了，賭氣變得不像賭氣，而像散步了。

「姊，妳要用網路嗎？」

「不用！」我反射性給弟一句，看都不想看他。「門給我關上！」

「喔。」弟悵然離開，若有似無的內疚，也從那一天延續下來。

唉，我是在幹什麼？連一點贖罪的機會都不給。弟大概覺得，是因為媽很疼他，所以才三番兩次對我發飆的。他這樣想也對，但也不對——就算我是獨生女，也改變不了考試考不到第一名的事實，但，偏偏就是弟弟穩坐（-x，+y）的優越位子，才會對比出我的（-x，-y）啊！

「楊貫延，可以借我收mail嗎？」

為了讓他好過，我還是跑去巴在他門口。誰教他是我弟弟。

「喔，好啊！」弟匆匆把魔怪鬥精靈的視窗關掉，位子讓給我。

「你不是快過關了嗎？」我剛剛注意到分數。

「你不是快過關了嗎？」我剛剛注意到分數。

「對啊，但是沒關係啦！」他往床上坐去，翻起課本：「我剛好也要看書啊！」

「你怎麼了？」我看到他小腿上一道暗紅色的痕跡。

「喔，沒什麼啊！」他失措抓了棉被蓋住。

「你是不是跟人家打架？」儘管看起來不像。

「好啦！我偷偷跟妳講，我被老師打的。」

「是嗎？你別逗我笑了，怎麼可能……他是嫌你拿太多獎狀嗎？」

「真的啊，我考試考不好。」

「哈！真是說謊不打草稿，」我笑出來：「我們班蔡明達國小成績都沒你好，教務主任也沒去過他們家。」

「我說真的啦！」

「好好……你說了算，下次不要額頭包了一塊大紗布哭著跟我說：『姊，怎麼辦？我只考了九十九分……』。」

「這件事，妳不要跟媽講喔！」

「好啦！」

我想，品學兼優的好學生，心裡也是會有祕密的，我真不忍心告訴他實話——以後到我這個十三歲的年紀，祕密還會更多，煩惱也是。

我答應他不講，但是沒跟他打勾勾，別的姊姊跟弟弟會打勾勾嗎？

等了好久，嘉純一直沒上線，我才突然想起還沒跟爸要錢。

轉頭看弟，他抱著課本睡著了，無聲無息。

為了不吵醒他，我開門輕輕的，然後發現更不該吵醒的人是沙發上的爸爸。

電視機上女主播滔滔不絕演著獨角戲，挺可憐的，所以我把強光和噪音熄掉，爸規律的打呼聲取而代之，充塞整個室內空間，彷彿家庭的心臟，不理會他人的忽視，固執地在夜裡奮鬥生存著。

好久沒這樣正面、安靜地看著爸，爸疲累的臉，多出好幾條我不熟

7 小辮子

識的皺紋，頭髮上，也多出幾處雪白，宛如剛從合歡山歸來。爸有在做夢嗎？日以繼夜維持家計的無敵鐵金剛也有夢可以做嗎？如果可以，我希望把自己的夢境借給他，讓辛苦的爸爸，得以在成堆的工作文件和生活帳單之外，看到其他美麗的東西。

三百塊怎麼辦？我朝媽媽房門望去，媽大概也睡了。全世界都進入夢鄉，就像「睡美人」裡的情景。

我回到弟弟房間，寫了封mail給嘉純，說跟她借三百塊，改天還。我幫沒遺傳到爸打鼾的弟蓋上棉被；我房間那條則旅行到客廳，陪著爸爸。

有了嘉純借我的三百塊，我總算順利隨著校車，一行人準備浩浩蕩蕩前往故宮進行所謂校外教學。我和王凱貞都多帶了一樣東西，書包卻沒有變重，那就是彼此的敵意。

當大家在校門口等校車就定位，一不小心，我和不遠處的校工撞了

個正著，我反射性想起上回騙他說我是九年級生，所以趕忙雙手摀上胸前，把學號遮住。

此地無銀三百兩，校工起了疑心，看看我，看看校車。

「妳不是說妳讀九年二班嗎？」校工把我手抓開，看著學號，想到什麼似的，「哦！原來就是妳！」

我？我做錯什麼事了嗎？

「走！跟我到訓導處！……總算抓到了！」

不等我反應，校工抓住我手臂，直直把我拖往訓導處的方向，留下眼睜睜看著我掉進火爐的錯愕同學。

8 變壞

「放開啦！你莫名其妙！」到了訓導處，我用力把校工甩開。

「主任，就是她！抓到了。」

「站好！」訓導主任朝我咆哮，我整理衣服的手不由得停了。

「這個女生前幾天晚上在八年二班旁邊的女廁逗留，問她，竟然還騙我說她九年級參加晚自習。」

「楊雪茹，」訓導主任照著我制服上的名字念，「妳晚上跑來學校做什麼？」

「我……」所有老師好幾雙眼睛盯著我看：「我來散步啊！」

「散步？妳明明在撒謊！主任——」校工氣急敗壞。

「好，劉叔，你先去忙，這邊我來處理就好了。」

「我抓到了，這件事沒我的責任囉？」校工離開前還不放心地確認。

訓導主任看看我，嘆口氣、搖頭，轉而走去拿起廣播器：「八年二班，莊怡芳同學，請到訓導處。八年二班……」

莊怡芳同學請到訓導處？我更迷糊了，我夜遊校園關她什麼事？

訓導主任拉開抽屜，把兩本作業簿往桌上一丟——

不，應該說是一本作業簿，只不過被攔腰撕成兩半。

一本屬於學生：莊忄，另一本則是：台芳。

「這是妳撕的嗎？」當主任問我時，我腦海中閃過那天晚上，嘉純

走到八年二班教室後面，黑暗中，我看不到她做了什麼事。

「不是我撕的，我不知道為什麼你要這樣講。」我很快就回答主任，免得拉長時間，增加自己的嫌疑。

「那妳晚上到學校做什麼？其他壞事嗎？」

我不耐地吁口氣，懶得跟他爭辯。透過窗口朝校門看去，全班和校車都在等我。然後，導師沈南興出現了。火上加油。

「主任，楊雪茹做了什麼事嗎……」導師視線很快就停在莊忄、台芳的簿子上，「這……雪茹！」

「不是我做的。」加了汽油，我更火了：「要我每遇到一個人就講一遍嗎？」

「莊怡芳！」主任怒不可遏之下竟叫錯名字。

正當我想逮住這個機會，對他大口頂撞，身後卻傳來了這樣的聲音：「主任，我在這裡。」

朝聲音方向望去，不只莊怡芳出現，旁邊還有她爸爸，莊傑成老師。兩個人同時出現，就像專程來把「兩本」簿子領回去似的。她爸總不能走到哪裡都陪著她吧！

這是我第一次聽到莊怡芳的聲音，她聲音好聽，人也很好，坦承跟我不認識，也幫我向主任辯解，說我素昧平生沒有理由找她麻煩。可，她可能對我素昧平生，我可是對她熟識得很，嘉純每天在我耳邊開口閉口不離莊—怡—芳。

可是，她越是這麼「天使」，就越是讓我猜想嘉純會是那個「惡魔」元凶嗎？

臨走前，莊怡芳對我歉然一笑，我竟然毫不領情，瞪了她一眼。天哪！我是被嘉純附身了嗎？什麼壞事都沒做，卻成了凶巴巴的壞學生，所有老師想不對我的猙獰面目留下深刻印象都難。

「雪茹，妳最近到底怎麼了？」沈南興老師邊走邊問我，他指稱我作文抄襲的事至今在我腦裡揮之不去，所以我根本不想理他。

「雪茹，我真的很想好好跟妳聊聊……」

8 變壞

「我沒怎麼了，是別人怎麼了，什麼壞事都要往我身上推！我被誤會不能有情緒嗎？」說完，我加快腳步往校車跑去，把老師丟在後頭。

沿途，我臭著一張臉不講話，全班（包括黃聖添）也不敢對我多問，大概怕被颱風尾掃到。

這種情況下，就嘉純最有資格當氣象探測員，深入颶風核心，了解狀況。偏偏她不知道，我最氣的就是她——不是因為她撕了莊怡芳的作業簿害我被誤會，而是回歸到最基本的品德問題，她怎麼可以撕別人的東西？何況，我都包庇自己好朋友的惡行了，那要怎麼心安理得讓王凱貞伏法呢？

到了故宮，我才發現不只我們班校外教學，還有別班同學，人數好多，整個博物院像塊美味餅乾，迅速被螞蟻爬滿。

「雪茹，妳說話嘛！怎麼這樣悶著？這樣我很擔心妳耶……」嘉純拉住我手臂示好地搖著，我想起升上國二，我們剛認識，她就是這樣輕易贏得我的友誼。她外向、人緣好、下課不缺我這個朋友陪她上廁所，卻什麼心事都朝我託付，所以我才會認定她是我最好的朋友。

「是不是跟莊怡芳有關係啊？」

「嘉純，妳……」我心頭一震。

「剛剛訓導主任廣播，我猜到了。雪茹，妳老實說，妳是不是為了幫我爭一口氣，而做了什麼事？」

我集中意志望進嘉純眼底，想判斷出她內心的真偽，嘉純為什麼這麼問我？她真的是清白的嗎？或只是在裝傻，巧妙餵我一顆糖果，把她的惡意轉化成我的義氣，好像送了我什麼禮物一樣……霎時之間，我真的不懂她心裡在想什麼。

「嘉純，妳真的把我當最好的朋友嗎？」我真的好想知道。

她沒料到我突然這麼問，喉嚨哽到魚刺似的，錯愕無言。

「喂，妳們兩個不要脫隊！」王凱貞打斷了嘉純的猶豫，我眼睛緊閉，忍受著這一切。「特別是妳，楊雪茹，剛剛已經害我們延誤行程，不要又讓我們為了找妳而回不了學校！」

「妳最好是不要回學校啦！像妳這種人根本不配當班長！」我發狂朝她吼去。

「楊……楊雪茹，」她聲音在發抖：「妳再這樣，我要報告老師。」

「老師在那邊，妳去報告啊！」我聲音拉高，引來許多人注目，「最好把妳對邱美惠做過的事全部交代個一清二楚，免得妳等一下被我扁到開不了口！」

王凱貞氣得發抖，往我剛剛手指所示的方向跑去，她可能不知道，我剛剛是隨手亂指，根本不確定老師在哪。

超生氣，氣毒蛇女老要跑來招惹我，更氣好朋友屈服惡人的淫威，默不吭聲。

「哈！」有人在後面發笑。

「笑什麼笑啊？」

我狠狠轉身瞪向發出聲音的人，卻發現是戴健輝，他旁邊是一群那天玩在一起的夥伴，蠢蠢鼓動著他挑戰瘋婆子這一關。

「呃，妳的脾氣真是……讓人大開眼界。」戴健輝勉為其難敷衍了他人的呼喝。

「昨天講這句話的人現在還躺在醫院裡。」

「哦！怕怕……好怕好怕……」「戴健輝，你這次遇到對手了。」「楊雪茹，不要這樣嘛！大家都是好同學。」那堆人如魚得水，玩得更high了。

「誰要當你們的對手！我認識你們嗎？」我光火。

「哇，好大的口氣！就不知道是誰，說很欣賞我們家戴健輝的藝術細胞！」「對嘛！現在偶像就在面前，不好好認識一下，反倒罵起人來了。」「哈……」

戴健輝退到這群人後面，眼底對我流露若有似無的歉意。

我怒氣沖沖瞪向嘉純，恨不得在她臉上燒出一個洞。

「妳跟誰講了？他們怎麼會知道？」我把嘉純拉到一旁質問。

8 變壞

「我也不曉得他們怎麼會知道，我只有跟戴健輝講。」

「妳跟他講？」我不敢相信。

「就升旗典禮領完獎在後台，我攔住他，跟他說，妳覺得他是最有藝術天分的，誰知道……」嘉純怯怯對我招出實情，吞口水，沒法再對我說下去。

「天哪！」我按住額頭：「他有說什麼嗎？」

「他說他認識妳，因為……」

「因為什麼？」

「因為運動會，他有注意到妳昏倒，被架到保健室。」

「難怪他那天一直對我笑，我的媽呀！我要轉學！」

「雪茹，這又不是什麼壞事，這代表妳在八年級是個風雲人物啊！在自己班大家怎麼看妳又沒關係，很多明星都是在別的國家比自己國家還要紅耶！」

「妳再拗啊……再拗啊！」我沒好氣的，事情會發展成這樣真是活該，只怪我沒提醒嘉純什麼事不能說。

「老實講，在老師眼裡，我現在已經變成壞學生了。」趁禮拜六，媽帶弟去看牙醫，我把嘉純約來家裡，她懶洋洋躺在沙發上，對我的話恍若未聞：「妳們家有沒有什麼好玩的啊？」

「喏。」我打開鐵盒，把一個鋼珠台塞進她手裡。「我弟的。」

「這個不好玩啦！妳有沒有自己的玩具啦！對了，妳提到的芭比娃娃編髮器呢？妳媽買給妳的玩具。」

「拜託，那種老古董，早就丟了！」我實在開不了口，坦承我媽根本就沒買過什麼玩具給我。

「哇！汽車、忍者龜，連變形金剛都有……妳弟真幸福！」

這句話我聽在耳裡不是很好過，實在很想要她立刻停止這個話題。

「妳要不要吃蘋果？日本蘋果喔！」我拿下電視機上那顆媽媽供養已久，用來製造芬芳的心愛蘋果。

8 變壞

「難怪我剛剛聞到一股餿味，原來是這個。」她視線隨著我手上的蘋果移動。

「妳要我切成兩半或四半？」

「四半？我們不是才兩個人嗎？妳不要裝神弄鬼嚇我！」她一轉眼就沉浸在彈珠台的世界裡：「打彈珠還蠻好玩的耶！我們來比比看誰分數比較高好不好？」

「喔，好啊。」

我面無表情應了她一句，然後走進廚房專心切水果。不出我所料，蘋果放太久，裡面已經腐壞出一大片咖啡色，超噁心。我轉而從冰箱拿出兩瓶可樂朝客廳走，然後聽到「滾」彈珠的聲音……我躡手躡腳停在嘉純身後，看她呈水平捧住彈珠台，小心翼翼用「作弊」的方式，讓鋼珠滾進高分的洞口。

我偷偷嘆口氣，用力踏步過去把可樂擱上茶几：「給妳喝。」

「妳看！一千多分耶！」嘉純興致勃勃對我展示她的成果。

「很厲害呀。」我拉開拉環。

「換妳玩。」她把鋼珠台朝我一推：「如果妳輸給我，那我芒果冰就不用請了。」

可樂的碳酸水朝我喉嚨內嘶嘶侵襲，我突然體會到，嘉純和我之間的友誼存放過久，就像那顆剛被我丟掉的蘋果一樣，變壞了。

「這個陶瓷娃娃好漂亮！給我好不好？」在嘉純順利贖回芒果冰之後，她進一步在我房間找尋戰利品。

「不行！」我說得斬釘截鐵，絲毫不考慮。

「為什麼？」

「這個東西對我很重要。」我一把搶下。

「有多重要啊？是不是心愛的人送妳的啊？」她在我耳邊朝我竊竊試探著，她一定巴不得自己是催眠師，以把我心中這個祕密收進口袋。就像剛認識時，她就輕易收服我一樣。

「不行，我不能講。」

「有什麼不能講的？」她八成很驚訝；連我自己都很驚訝。

「因為那是我的祕密。」

「祕密？我們之間能有什麼祕密？」

「妳一定也有什麼事情是不想讓我知道的吧！妳敢說不是嗎？嘉純，那天訓導主任的廣播，難道沒有讓妳感到害怕？」

她這也啞口無言了……我不怪她。

「我媽快回來了。」我看看時鐘。

「喔。」

「我說真的，她很可怕，妳不會想看到她的。」

「好啦。」她緩緩站起來：「那妳三百塊記得還我喔。」

嘉純離開後，我看著手裡的瓷娃娃，開始掛念起送我這個紀念品的那個人，不知現在過得好不好。

9 我的黑夜

國中真是一個奇怪的地方，只要班級之間發生一件三人以上引發的騷動，就會一發不可收拾傳遍全年級，而且越傳越離譜，有如在銀行存了一筆鉅款，不再去管，它照樣慢慢滾利息，滾出不認識的數字來。

唉……在我身上有那麼好康的事就好了。

很快，大家就傳出我和八年十一班戴健輝陷入熱戀，不然就是我單戀他、他暗戀我，或是互相欣賞卻遭人拆散的各種謠言版本，這些版本

不單是我路過十一班走廊隨耳所捕捉到，更有班上長舌男黃聖添加油添醋而成。他爸媽幫他取這個名字真是有先見之明。

第二節課一進教室，我就看到桌上一枚信紙摺出的心型怪東西。在一堆埋伏暗處伺機而動的注目下，我粗魯攤開紙張，上面寫著：愛妳喲，妳的小輝輝。

超無聊的。

我把信紙揉成一團投籃得分，還引來一陣歡呼。

「蔡明達，你前女友生氣了，你要不要去安慰她一下？」

「對呀！」

不只我受害，還殃及模範生蔡明達，真慘……

現在已經贏得全班注意……不，應該說，他們想不注意我都難，短短幾個禮拜，我性格大變，擋也擋不住他人帶著既興奮又害怕的心情，圍著鐵籠逗弄獸性大發的猩猩。之前我還自覺在班上不夠出眾，現在好了，三不五時，大家就拿我來做文章，楊雪茹三個字簡直可以登上本校國文考題給人造句了。

「雪茹，妳好厲害，數學考九十分耶！」「雪茹，妳的鉛筆盒好可愛，哪裡買的啊？」「雪茹……」

而班上女生對我試探性的友好，更讓我覺得像吃了人類餵來的香蕉那樣彆扭。跟嘉純，雖然也一起上線、一起上廁所，但心照不宣的疏離感，是再怎樣都抹不去了。

與最好的朋友情誼退溫後，我也不知道我和王凱貞方興未艾的敵對關係到底有什麼意義了。當初，我不就是為了向嘉純證明我也可以成為一個不一樣的楊雪茹，才勇往直前，衝破惡勢力？這一衝，雖然撞壞很多東西、嚇壞很多人，到頭來卻也發現，好像就只是衝破趣味競賽設計出的保麗龍門，門後除了不正經的嬉笑怒罵，什麼都沒有。

楊雪茹，愚人節快樂。

「雪茹，櫃子裡的雞精怎麼少一瓶？」

「我喝啦！還蠻好喝的。」

「好喝？唉喲！妳把它當零食啊？知道一罐多貴嗎？那是要給妳弟補充體力的。」家裡的情況也好不到哪裡去，連電視都不能好好看。

「我知道啊。」我面無表情盯著電視機，這集的「冬季戀歌」我不想錯過。

「雪茄，我講話妳有沒有在聽啊？」

「我說我知道，雞精一盒兩百多塊，一罐要三十幾塊，喝一口十塊錢就沒了。妳看我數學多好。」我邊回答邊專注著翔赫到底偷聽到民亨對有珍說了什麼。

「既然妳那麼會算，電視關了幫我省電！」

「想都別想……」我講得小小聲，還是被媽聽到了。

「妳說什麼？」媽走去把電視螢幕遮住。

「妳走開啦！」

我左右移動找縫看，媽順手把電視關掉，才又就近發現一個令她更加暴跳的事情。
「蘋果呢？我的日本蘋果咧？」
「丟了，我丟了！」我提高嗓音，站了起來：「那是一顆真蘋果，不是假蘋果，放久是會長蟲的！」
「那麼貴的東西，妳把它丟了！那妳怎麼不把雞精也丟了？補充精神還不是為了愛玩！」
「好啦！給弟弟喝，全都給他喝，我沒有生嘴巴、體力也不值錢，這樣可以了吧？」我講完，轉身要走。
「雪茹，妳給我站住！」我停步，只給媽看我的背：「妳說那什麼話？什麼叫妳不值錢！養妳不用錢喔？給妳吹冷氣不用付電費是不是？」
我猛然轉身，把她的話接下去：「妳嫌我貴，那好啊！最好把我塞進冰箱，凍成冰塊，從此不用看到我，一舉兩得，這樣妳高興了吧！」
話一說完，我忽然意識到自己變了個人，彷彿把蓄積起來要對付王

凱貞的怒氣，全部往媽的方向傾倒過去。

這對我們都很不公平。

「雪茹，妳真的要把我氣死——」媽氣到發抖，癱坐沙發：「我不管妳了，妳爸回來，再請他教訓妳……」

我看看安靜的電視螢幕，上面投映出我們母女倆的影像，以及劍拔弩張的情節。我不知道，電視一直都是這樣看我們的。

「我買一罐雞精放回去，妳不必擔心弟會少喝一罐。」我嘆了口氣，吵到兩人筋疲力竭，我也很不願意，「還有，妳三百塊真的要給我了，爸那麼忙，我找不到機會跟他要。」

「校外教學是不是？」媽低頭翻錢包，有如豎起白旗，放棄與我溝通。

不知怎麼，鼻腔一股酸意湧上來。

「嗯。」我哽咽應了一聲。

「剩下的當零用錢。」

她給了我五百塊，意思是她對我那麼好，都是我不知好歹，該好好反省。

回房間時，我用力忍住哭聲，也沒暇理會躲在一旁偷聽的弟弟了。

醒來的時候，四周一片黑。真的哭好慘，臉頰繃繃的，好像膠水在臉上乾掉。

幾點了？

夜光鬧鐘貓頭鷹般的顯示凌晨三點。

怎麼會那麼黑呢？我摸黑下床，想開燈，又狐疑著怎麼不見夜光按鈕，找著找著，才恍然大悟，是停電了。

唉，怎麼會這樣呢？

口好乾喔。我開門正想「跋山涉水」到廚房找水喝，卻聽到客廳傳來熟悉的鼾聲。

是爸嗎？爸怎麼又睡在客廳裡？一定又是看新聞看到睡著了。

不想把家中任何人吵醒，我在漆黑中躡手躡腳移動步伐，無助得猶如受暗夜牽制的傀儡，進退不由自己。

砰！

我一定是撞倒了什麼，清脆叩醒了深夜。

「嘖……」我聽到爸翻動身體，咂咂嘴。我多麼希望他繼續睡，養飽體力，但他還是猛然彈坐起來，對著伸手不見五指的空間警覺地喊道：「誰？」

他一定誤以為是小偷。

「爸，是我啦。」

真的，爸是永遠的勇者。驚醒只消一秒鐘，就跳入這個身分。

「雪茹喔，怎麼不開燈呢？」

「停電了啊。」我摸著牆壁朝爸的方向過去。

「又停電了？」爸吸吸鼻子，「也好，電視也自動關了。」

「爸，你怎麼睡這邊？不怕感冒？」我好像在對自己的小孩講話。

「再不看新聞，爸就要跟不上時代囉！」

爸把我手抓住，我順利抵達沙發，找回安全感。

「你晚上吃了嗎？爸。」

「現在都快早上了——倒是妳，今天又跟媽吵架啊？」

我轉向爸的方向，黑漆漆一片，看不到他是怎麼看待這件事情。

「沒有啦，是我不對。」我不想再把東西往他肩膀放，家裡的事，他少掛念一件是一件。

「媽也很辛苦，不要常惹她生氣——最近學校還好吧？基測準備得怎樣？」

「國三才考基測，國二只有模擬考。」

「要好好加油喔！」

「嗯。」

「妳怎麼沒跟人家去補習？」

「在家念就可以了啊！反正都是考課本裡的東西。」

黑暗中，我可以感受到他壓低了試著不讓我聽到的嘆息。

「妳如果可以讀書，讀越多是越好，如果功課趕不上人家，需要補習，儘管說，爸再怎麼辛苦都會賺給妳。」

「爸，我知道。」

「這麼晚了，不去睡？」

「我睡飽了，昨天早早就上床睡覺了。爸，你怎麼不多睡會兒？」

「爸只有撐到早上了，現在再睡，早上爬起來會特別沒精神。」

「嗯。」

這是爸辛苦賺錢養家，久而適應的生理週期，我也只能假裝我懂。儘管話題打住，不知該回答什麼，但有個忙人老爸，講完這些話，也算多了。

突然很慶幸自己是女兒，在遇到此生的白馬王子之前，還有父親的厚實肩膀可以好好靠著，儘管爸爸以為我已經夠大，不再需要臂彎保護。但是，黑暗世界在我眼中，沒有什麼是小題大作的，我是說，我不介意爸把我當醜小鴨緊緊保護，如果爸能力許可，甚至大可把我當公主那樣溺愛。黑色的畫布，要怎麼幻想都行。

爸含糊地哼起一首我小時候常聽到的歌，我不確定在哪裡聽過，更不確知那是不是幼稚園睡前的催眠曲，我只記得，小時候爸媽好疼我，第一天上幼稚園是天下大事，媽媽一把鼻涕一把眼淚要我乖乖，我愣愣點頭答應，問媽為什麼要哭。

可惜「乖乖」的口頭契約沒有註明時效，長大後，我就忘得一乾二淨了。

還好，再怎麼健忘，很多事物還是牢牢記著，我不會忘記黑暗中爸聲音再疲憊，依然掩不去厚實的磁性，單單這個線索，我就能夠開始在腦內描繪爸的嘴唇、濃眉，守護全家安危，卻不失慈愛的眼睛。

而每當黎明降臨，我也將會憶起，此刻，黑夜是何其溫柔而仁慈地……把爸的白頭髮全部變黑。

10 在時間中央

這幾天，任課老師走馬燈那樣，一個接連一個告誡我們模擬考的重要性，因為它等於是模擬傳說中的「基測」，搞得本來就明白這個考試很重要的大家近來更加緊張，拜神一樣猛K書，連下課時間都不放過。

這麼看來，真正足可讓大家心安理得喘口氣的時間，可能就是下午掃地時間了。

一如往常，每班掃地區域井水不犯河水，各人只掃到「虛線」範圍

隨即打住，就算看到別班區域有紙屑，也不願使上舉手之勞，免得到時候沒搶到整潔比賽獎狀又被老師念。

掃得快，就爭取到多一點自由活動的時間，所以多數同學無不卯足全力，把環境整理到低空飛過，通過檢查就好，能夠降旗前悠閒到坐在福利社吃完一整支冰棒，或者把體育課沒分出勝負的球賽比完，也得有本事才行啊！

可能是被八年級教室普遍的考試氣氛感染，加上一堆事很煩，我今天老實說也是掃得心不在焉，沒暇理會樓梯間來來往往的人裡，有誰在我背後指指點點了。

遠遠的，我看到沈南興老師走過來，要上樓梯，我趕忙把臉偏向暗處，假裝專注於地上的紙屑。

「楊雪茹，妳可以來老師辦公室一下嗎？」

「我……我還沒掃完。」奇怪，又是什麼事？

「沒關係，老師晚點再請人掃，有事要跟妳談談。」

我嘆口氣，只得繳械投降，誰教他是老師呢。

走在路上，沈南興老師就開口講起原委，原來稍早他打電話給媽，想跟她討論我最近在學校的事，媽搶先跟他提起前兩天我跟她要「五百塊」校外教學的費用……聽到這裡，我就猜得到接下來的故事了。

「老師，我知道你要說什麼了。」我停步，停在這時候最多人來來往往的集合場，我和導師有如站在一面大鐘的中心點，主宰時間的移動。

沈南興老師帶著預先準備好的饒恕看著我：「妳願意解釋嗎？」

「我錢是先跟嘉純借，後來才跟家人要的——因為……」我真不確定老師能不能懂我家的情況：「因為我一直遇不到我爸，而我媽又堅持要我跟爸討……老師，你聽得會很煩嗎？我家的故事好像蠻無聊的。」我自嘲地說著。

「不會。」老師搖搖頭：「那——妳媽提到的『五百塊』……」

接下來，難度又更高了，我感覺自己好像參加了日本「電視冠軍」

節目的溝通大考驗。唉，媽那個人就是喜歡加油添醋、四捨五入，弟弟明明只交了一千五百塊的補習費，就聽她在電話裡說：「又花了我兩千塊！」餐桌上照例也是「這堆菜兩百塊」、「這隻魚三百塊」，秤斤秤兩的食物可以賣到整數，那也很厲害。

我看看別處，玄關上還貼著嘉純的得獎畫作、上方校長室窗戶透出一隻勤勞的手，正稱職地維持這個學校的整潔。更遠，我可以隱約感受到八年級教室走廊欄杆，圍觀一堆人，吱吱喳喳討論著楊雪茹又闖了什麼禍。

離我最近的位置，則是沈南興老師兩眼炯炯有神盯著我，等我給予回答。

我該為自己辯解嗎？說了又怎樣呢？上次作文抄襲風波，跟老師吵完一架還是被冤枉，已經給了我太失望的感受，這次我又要怎麼向老師解釋，媽明明就是塞給我五百塊含零用錢，卻自己順口講成我跟她索討五百塊校外教學費用。

「雪茹，妳有在聽嗎？五百塊是怎麼回事？」

我看著老師，心中很了解，只要我閉上嘴巴，挑釁地把實話吞進肚子裡，毫不費力就可以把自己從壞學生變成更壞的學生——儘管這並不是個令我垂涎不已的下場，但是，對我早已前科累累、形象一敗塗地的處境來說，說不定，這種順水推舟的沉淪，才是最適合我的結果。

楊雪茹，妳是壞學生嗎？——我彷彿聽到老師這樣問我。

「雪茹——」

「好，我講。」

沈南興老師憂心忡忡看著我，讓我倍感不安。

「我媽自己說兩百塊要給我當零用錢的。」

「就這樣？」

「不信你可以去問她。」

老師停頓一秒，然後笑了，「好了，沒事，回去把地掃完吧！」他可能笑我杞人憂天過頭，卻不知道，我腦裡其實閃過很多事。

一些小孩才會有的心事，大人不會懂的。

唉，只能怪麻煩總是找上我，生活不會因為一件事情解決，就煩惱一掃而空。不過話又說回來，如果煩惱全沒了，就怕我腦袋將只剩一片空白吧！

送走一個長針，才一轉頭，就迎面來了一個更難纏的短針——莊怡芳與我四目相遇，我識相地避開，低頭走路，不想再把事情搞得更複雜。

「楊雪茹。」她喚住我。

我停步，看她，「什麼事？」

「上次作業簿的事——」

「我沒必要跟妳道謝，因為我沒做。」

「其實，我是想跟妳說對不起。」

任誰看了她的態度，都會不忍心再板著臉。我只好不作聲，等她繼續說。

「我們去福利社，我請妳喝可樂好不好？」上次福利社喝一次被她看到，她真以為我愛喝可樂。

「不用，我不渴。」

「妳還在生氣啊？」

我搖搖頭，不算回答。其實，就算不是為了嘉純，我也不打算跟莊怡芳建交，他們教室就在一樓，多幸福，跟我們後面的班級比起來，每天不知道省下多少爬樓梯的時間，學校只差沒替他們準備日光浴。

「其實，我知道是誰撕的。」接著，她又說。

聽到這句話，我不禁心頭一顫——她知道是誰撕的？難道她認識嘉純！

「是我們班幾個女生做的。」她平靜地說。

「那妳怎麼不講？」我不解。

這次換成她搖搖頭不回答，從她臉上突來的疲憊和無奈，我才慢慢知道這是難言之隱，不難推測，就連別班同學如嘉純，都會對學校老師的兒女議論紛紛，何況是他們自己班上的。唉，模擬考快到了，萬一數學科是她爸莊傑成老師出的考題，不知道又有多少同學要大呼不公平。

在眾人為種種特別待遇私下抱怨不公平的同時，可能沒人想過，承受最多不公偏見的，反而還是莊怡芳自己啊！

一時之間，我也不知該怎麼安慰她。反觀自己總是為了不能與爸常聚而深感失落，莊怡芳的煩惱卻是完全相反，有個老爸隨侍在側，不也是一種壓力？

「沒事了，我沒有生氣啦。」我不敢拍她肩膀太多下，免得人家以為我打她。

「楊雪茹，其實我知道妳。」

「是嗎？」我苦笑，八年級有誰會不知道我跟戴健輝的謠言？

「上次運動會，妳跑得很努力。」她突然說出這話，害得我心臟跑得更努力，「本來妳跑在我後面，然後我眼睜睜看妳追過我，再追過別人，我覺得妳好厲害，好認真，真希望我可以跟妳一樣，跑得毫無畏懼。」

眼淚從我臉上慢慢滑了下來，一直都以為自己和莊怡芳這樣得天獨厚的貴族學生相比，是先天條件懸殊，沒有機會站在同一水平上競爭的。今天，卻從她口中得知，我賣力地跑，追過了包括她在內的兩個人，在我全力以赴、腦袋一片空白的同時，別人用加油聲，保存了我曾經發光發熱的毅力，雖然沒有獎牌留念，但是，如果沒有我預賽盡心盡力，其他人不可能在決賽拿到銅牌的。

回教室前，我洗了把臉，免得大家又道聽塗說導師把我弄哭了。

遠遠，教室門口，我看到一群人圍在走廊，像發生了什麼大事。

今天沒體育課，走廊卻出現一個穿著髒污運動服的男生背影，我很快就看到他的正面，是戴健輝，與他對決的沒有別人，正是蔡明達，大家見了我紛紛空出一條路方便我「共襄盛舉」，看來，這件事八成又與

我有關！

「怎麼了？」我本能抓著嘉純問道。

「我不知道。」嘉純輕輕把我的手掙開，冷冷回答我。我知道她一定是為了什麼心情不好，可是以目前的情況，我根本無暇關照。

蔡明達把戴健輝推到窗戶旁邊，一拳送到他臉上，旁邊揚起班上男生的歡呼，彷彿這是好學生蔡明達的成年禮。

我越來越不安，就近對著敏綺逼問：「到底發生什麼事了？」

「有人對十一班戴健輝說，妳嘲笑他算哪根蔥，戴健輝氣沖沖過來理論，沒找到妳，大呼小叫，蔡明達看了不順眼，就跟他單挑了。」

「是誰說的？」

敏綺看別處，聳聳肩，搖頭，沒回答我，我知道她一定是不敢講。

我順著敏綺的視線方向看去，穿越窗戶，看到王凱貞也朝我們這邊望著，目光與我撞個正著，她趕忙低下頭，埋頭準備明天的模擬考。

在戴健輝使出全力回擊，導致蔡明達跌進地上一灘污水而幾乎要宣

布勝利的同時，鐘聲也響了，等同勒令解散，沒分出勝負，圍觀好事的同學紛紛鳥獸散，集體前往另一個定點，準備乖乖排列成降旗典禮隊形。我看到戴健輝往我這個方向走來，眼裡透露出一種事情還沒完的神情。

「管好妳自己的嘴巴。」他丟下這句話給我。

我視線緊隨他離去，看到他頭也不回。

一旁是簇擁英雄歸返的十一班啦啦隊

群，有說有笑，邱美惠轉頭，用一種向來是由別人來給予她的憐憫眼神看著我，直到她與高采烈的新朋友引走她注意，阻斷掉她施捨給我的憐憫，我才回過神來。我考試成績從沒糟到同她那樣，卻以另一種形式接替了她遺留在我們班的身分。

我轉而慌忙尋找最好朋友的身影——我太不應該誤會嘉純，此刻只想快點拉住她的手對她道歉。然而，我僅剩的，只有從樓梯間傳上來，大夥匆匆前往集合場整隊的紛亂腳步聲，顯然嘉純早已置身其中，丟下了我。

11 基測的模樣

過完一夜，緊接著是模擬考，起了個大早想早點到學校溫書，免得考壞又被罵。整完裝背起書包經過門扇半掩的浴室，裡頭的爸忽然含著牙膏泡沫對我喊一句：「加油！」旋即又開大水繼續漱洗，於是我臨時改變主意，想等爸從浴室出來，回報他一句：「爸，我會加油的！」

不料，等了好一會兒，爸還是沒出來，反倒是門鈴跑來湊熱鬧，我朝門孔一看，喜出望外，嘉純竟大老遠跑來我家找我。

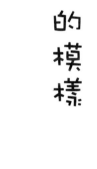

「爸，我要走了！」我匆匆敲了浴室門一下，用這句話把原本的計畫打發掉。

反正我口中這個「走」，又不是離家出走那個走。

深呼吸一口氣，我開了門，「怎麼會來呀？」俯身穿鞋，不敢看嘉純。

「怕妳這個懶鬼賴床趕不上考試嘍！」她笑。

我想，嘉純是專程來跟我和好的，真的，兩個好朋友這樣鬧彆扭也不是辦法。

嗯，今天應該可以考得不錯。

與高采烈跟著嘉純一起走在上學的路上，分享完昨晚挑燈苦讀的慘況後，我終於忍不住問她：「昨天怎麼看妳好像心情不好？」

「妳確定妳想知道嗎？」她臉突然又沉下來了。

「看妳想不想說啦，如果妳今天不想說，也沒關係……」

「昨天戴健輝和蔡明達打架，我原本要去找妳來看。」

「然後呢？」我心頭一冷，不看她。

「然後我看到妳跟八年二班的一個人在講話。」

我停下腳步，周遭是喧囂的車聲。

「嘉純，我想妳真的誤解莊怡芳了，她人很好，昨天還為了作業簿被撕的事情找我道歉。」

「作業簿？什麼作業簿啊？」

「就是那次我在八年二班外面被校工撞見，他就誣賴我撕莊怡芳的作業簿啊！」

「這就是妳上次被他抓去訓導處的原因喔——妳怎麼都不說呢？問了妳好多次……」

「唉——」

「唉什麼啦？」

「我原本以為……」真的好難開口。

「原本以為什麼？」

「因為那天我們兩個都在八年二班教室，所以我以為……」

她先是滿臉疑惑，猛然又懂了：「妳以為是我撕的？」

「只是有想過啦，嘉純，妳不要生氣。」

嘉純整個臉癱下來，看來這次我得加倍補償她了。

「難怪上次問妳瓷娃娃的祕密，妳還對我愛理不理的——虧我今天還專程跑來妳家找妳，太過分了！」嘉純說完繼續走，她真的生氣了。

我趕忙追上：「妳不要生氣啦！」

「莊怡芳還跟妳說什麼？」

「沒……沒什麼啊……」

「騙人！」她一聲令下：「以後不准妳跟她講話！」

「為什麼？」我整個人呆住，愣在原地。

她走了幾步，發覺我沒跟上，也停步，轉過頭來，臉上泛著心虛的怒意。

「嘉純，妳為什麼要這樣逼我呢？」

「如果我跟王凱貞很好，妳會有什麼感覺？」

「那……那不一樣啊！」

「有什麼不一樣的？莊怡芳跟我們又不同班，要妳不跟她講話很難嗎？」

「妳跟她又不熟，為什麼要憑她是哪個老師的女兒，就認定她這個人一定不好？」

「那妳覺得她好在哪裡？我看妳乾脆跟邱美惠一樣，轉去八年二班算了！」

「妳真是太不可理喻了！」我這下也火大，不想跟她辯，掉頭就走。

「我不可理喻？」換成她追上來：「那妳可以告訴我，什麼叫做『理喻』嗎？我看哪！得到最多『禮遇』的，也沒有別人，就是莊怡芳！」

連這種話都說得出來，我真的惱了，「謝嘉純！」

她聽到我用三個字喊她的名字，先是錯愕，然後也不甘示弱對我大喊：「楊雪茹！」

「怎麼樣？我就是名叫楊雪茹，雪上加霜的那個雪，也是妳嘴裡那個每次壞事都會被我遇上的楊雪茹，建議妳把妳腦袋裡的偏見轉移到我身上，保證會有更大的收穫！」

「好，那事到如今，我也不必不承認了，我就是那個被好朋友懷疑偷撕別人簿子的謝嘉純……也是那個——」不知怎麼，氣頭上的她聲音轉為哽咽，「也是那個撕了邱美惠美術作業但是不敢承認的真凶！」

嘉純這句話像鐵錘一樣重擊在我頭上，我呆立原地，看著她掩住臉往馬路另一端跑去。

當我回過神的時候，斑馬線另一端已亮起紅燈，往來的車輛瞬間把我和嘉純隔開、隔遠，就像該來的終究要來那樣。

模擬考開始，監考老師發下試卷，我們正式提前摸索未來九年級基測可能會有的模樣。

而我，根本無心考試，心裡只掛念著剛剛跟嘉純吵的那一架。就那短短幾句爭吵，卻「四兩撥千斤」，把我們長久維繫的友誼一次徹底擊碎，可見真是吵得不輕，用生病來換算，起碼要躺個兩個禮拜才可能痊癒了。嘉純就坐在我右前方，後腦搖擺著熟悉的馬尾巴，她正在想什麼呢？是跟大家一樣緊張兮兮地只想把模擬考搞定，還是跟我一樣，心裡懊悔著剛剛氣頭上說出的那些話？

她會假裝自己是我，理解氣頭上的我為何口不擇言嗎？還是——還是她只會專心做她自己，任由我剛剛講出的狠話，化成一群憤怒的步兵，慢慢把腦袋全部占領，這樣，等到模擬考結束，會不會為時已晚？我勢單力薄，又要怎麼跟老早圍起城牆的火焰王國對抗呢？

我低頭看考卷，第一大題很簡單，是國一數學就教過的絕對值。

1. 計算下列各式的值：

(1) $|-13|-|7|=$　(2) $|-13-7|=$

我的手發抖著，拿起原子筆，一不留意沒握好，筆滾向桌沿，朝地板清脆喀了一聲。

我甩甩頭，把跨坐筆桿的腿伸離、跳下，環視周遭，所有桌椅加一加，有如巨木森林，不得不讓我想起自己寫的吃人樹！

仰頭一看，不得了，教室是偌大的宮殿，每個專注作答的巨人同學，筆下無不充斥刺耳的刷刷聲，宛如量產文字的大型工廠。所有事物都是巨大的，地上沙塵味相對更加濃烈，黃聖添抖動的腿更隱約可造成地震，還有嘉純，嘉純早上對我坦言撕毀邱美惠的美術作品……脫口而出的勇氣，毫無疑問，也是相當巨大的勇氣。

我還沒機會去問她，為什麼要這樣做，如果可以給我這麼一個巨大的機會，那我不會一次用完，我會趁同一時間對她道歉，跟她和好。我不會滿口怪罪她做出這麼惡劣的事情，事實上，她願意承認，便已意義非凡，那代表，她把我當成交心的好朋友，願意告知我，她曾經做過的壞事。

我朝嘉純位子的方向奮力奔去，監考老師腳步聲的巨大迴響，疊撞著我忐忑的心跳。

用力跳，第一次沒抓到，我再跳，總算抓住了嘉純掛在桌邊的書包，卯足全力往上攀爬，我沿著書包背帶往上一寸一寸抓牢，帶著不善罷甘休的信念，效法植物，往有光的方向前進，我仰頭，看到上方別著嘉純生日我送她的Hello Kitty吊飾，我一把抓緊Kitty的蝴蝶結，總算克服最後一寸，爬上了桌沿。

嘉純臉上滿是絞盡腦汁的神情，她皺起的眉頭，足可充當我的椅子。

嘉純，妳知道嗎？我不想失去妳這個朋友。

有聽到我心裡的話嗎？嘉純，妳可以看我一眼嗎？

但是，她沒理會我，只專注於桌上的考卷，如果可以，我願意平躺於試卷紙上，化為考題的一部分，只要她願意花幾秒鐘來作答：妳還願不願意當雪茹的朋友？就算被立可白淹沒，我也在所不惜。

妳願意嗎？嘉純。

喀！監考老師把原子筆擱回我桌面。

「怎麼還不寫？快點寫！」

我握起筆，視線重新回到考卷……

1.計算下列各式的值：

(1) $|-雪茹|-|嘉純|=$

(2) $|-雪茹-嘉純|=$

現實生活可以跟數學一樣嗎？不管怎麼吵架、怎麼鬧脾氣，友情的絕對值都還存在，有多生氣，就代表多重視對方。

我和嘉純也可以這樣嗎？只要找到兩根雪杖，對著照片擺出勝利手勢，我倆也可以化為絕對值，不管怎麼吵怎麼鬧，永遠都是朋友。

最後一節，模擬考結束，我的期盼還是落空了。

本來想等多數同學離開教室後，再去找嘉純講話，誰知一轉眼，嘉純的位子也空了，我欲哭無淚，完全沒心情去回想今天的考試成績。

落寞收拾東西，忽然，背後傳來熟悉的聲音：

「還不回家啊？」

我緊閉眼睛，把眼淚關起來。

「不是很厲害嗎？我看——應該也考得不怎麼樣吧？」王凱貞繞到我桌子前面來。

我嘆口氣，繼續手上的動作，那些等著看好戲的同學一定很吃驚我沒暴跳起來跟她對槓。

「怎麼不講話……」

我默不吭聲，背好書包，把椅子靠進去，任由王凱貞對空氣唱獨角

戲。

「喂！楊雪茹……」

王凱貞八成是想好要怎麼跟我吵架，台詞全部都已準備好，我不奉陪，她一定很失望。

我往校門走，看到前面的周哲宏，想到他住離嘉純家很近，乾脆抓住一絲希望，拜託他好了。

「周哲宏！」

「怎樣？」周哲宏停步，看到是我，臉色不是很好看。

「你可以幫我一件事嗎？」

「什麼事？」

「你去謝嘉純她家，假裝要問功課，順便問她說是不是跟我吵架，因為你看她今天跟我都沒有講話。」

「然後呢？」

「問她是不是還在生氣……」

周哲宏聽完，輕蔑地笑了一聲，超乎我預料：「對不起，我沒空幫妳這個忙。」他說完轉身就走。

「喂！」我叫住他：「你這個人怎麼那麼小氣啊！」

「我小氣？」他停步，對我吐露他彷彿隱忍已久的話，「我這不叫小氣，我這叫原則——妳會幫一個以前取笑過妳的人嗎？」

「我……我什麼時候取笑過你啊？」我支吾著，好像有，又好像不記得。

「每次妳跟黃聖添他們鬥嘴鬥不過，就拿我來開刀，笑我娘娘腔，分明就是看我好欺負……現在——現在又覺得我最好說話，跑來求我了，哼，如果我幫了妳，那才是頭殼壞了！」

周哲宏話一說完就跑了，絲毫不輸鳴槍開跑。

楊雪茹，妳真的那麼討人厭嗎？

我感到雙頰脹熱，出自羞辱，像被搧了兩記耳光，偏偏又不一樣，

如果是被打，我還可以假想別人在另一端懊悔不該動粗。但是，此刻，我恍然置身周處除三害的故事情節……從來就只想做個有個性的女孩子，讓別人體會到我的特別，殊不知，自己不經意的言行舉止，也會對班上同學造成心理上的傷害。

一波未平一波又起，我的心情跌到了谷底。

想哭，淚水卻又滾到眼邊停住，等著我給它們一個足夠的理由。

「楊雪茹！」走到校門口，有人叫我。

我停步，看到戴健輝。

「我有話要跟妳說。」

「可以不要說嗎？我現在沒心情聽。」

「昨天——」

「我說了，我不想聽！」我忿忿打斷他的話：「為什麼你要那麼自私呢？」

「我只是想為昨天的事跟妳道歉，如果我自私，就不會開口了。」

「好，我投降，可以放我走了嗎？」

「妳不要這樣，我也是後來聽說你們班王凱貞喜歡找妳麻煩，才想到她是為了整妳，才對我造謠的——」

「那已經不干我的事了，不是嗎？你還想怪誰？難道你不知道自己的行為已經對別人造成傷害了嗎？」我洩恨地把想罵自己的話全罵在他身上，「你為什麼到處講我欣賞你的畫作，你真以為自己畫得多棒嗎？」

「我……」

「你什麼你啦！我不想聽，我真是倒了八輩子的楣才會跟你這種人傳在一起！」

說完我拔腿就跑，慌亂得像縱火犯。眼淚這也才嘩啦嘩啦流下來，為了救災。

12 大西瓜

「姊！吃飯了。」

我無力地抬起頭，看看弟：「我不餓。」

「媽煮了麻油雞喔。」

「是嗎？恭喜你，好好吃個夠……那是專為你準備的大餐。」我將頭埋進枕頭裡，「把門關上。」

正當我盤旋在黑暗中，想把今天發生的所有爛帳整理個清楚，不料身後噪音又把我打斷了。

「姊——」

「吵什麼吵啦！」我火了，抓起枕頭朝門邊丟過去：「我不餓你沒聽到是不是？」

弟敏捷地把枕頭抱住，我胸口一股怒氣正待發作，媽卻出現了。

「雪茹，妳現在是耍什麼脾氣？」

「我心情不好，就不想吃咩。」

「那我可不可以說我心情不好不想煮啊？給你們吃飽就是要你們好好念書，妳不吃，書乾脆也不要念好了！」

我從床上飛跳起來，耳邊卻響起爸叮嚀的那句「不要惹媽生氣」，惡毒的話當場哽在喉嚨，忽然又說不出口了。

「楊貫延，你怎麼那麼愛打小報告呢？」我轉而把目標移向弟弟，「我今天心情已經很煩了，你偏要看我跟媽吵架！」

12 大西瓜

「我……」弟沒想到我會忽然把矛頭對準他。老實說，連我自己都很意外。

「雪茹，妳說那什麼話！」媽怒斥。

我感到十分下不了台，索性走向房門錯身把弟推開：「你最好不要來我們學校讀，我在家已經受得夠多了……」我直直朝廚房走去，嘴裡還叨念著：「還不快來吃你的麻油雞！你專屬的雞精全都加在裡面了，我怕我多吃又被罵……」

「姊，妳為什麼要這樣說我呢？」

聽到弟哽咽的聲音，我心裡一揪，停步。

「媽對妳很凶，我心裡也很難過啊！」

然後，我聽到弟弟腳步聲躂躂衝到門口，「貫延！」媽大喊。

猛然轉身，我只看到一扇門從面前轟然關上，簡直要把家震垮。

匆匆那一秒，我恍若站在以往媽和弟的觀點，看著他們的女兒和姊姊楊雪茹演出摔門戲碼。

「貫延！」媽朝門衝去。

我完全愣住了，無從立即反應。

「妳昏頭了是不是？」媽開了門要追出去。

我上前把媽擋住：「我去追，我參加過賽跑，跑很快的。媽，妳在家等，免得弟沒辦法進門。」

「好，那妳快去……我在樓下等。」

「不，妳要接電話，守在陽台就好了。」

飛快衝出門外，我和弟的腳步聲在樓梯間高低兩處對話，慌亂之中，我搞不清楚是自己要追誰，還是有人在追我。

「楊貫延！」我只知道自己不斷叫嚷著。

記得小時候過年，爸媽把我們像雙胞胎一樣套上紅衣紅帽，走在年貨大街，弟弟害怕跟丟，總拉著我的衣角，惹得我大罵：「楊貫延，你這個跟屁蟲！」

萬萬沒想到，有這麼一天，輪到弟弟大有權利回頭以相同的話斥罵

12 大西瓜

我。

儘管我知道他一定不會。

「楊貫延……」我喘吁吁跑到樓下，無助地環視周遭，彷彿跟丟了小溪，便只能茫茫遙望大海。

時間浪費不得，我一股作氣選了一個方向，飛奔而去。

「雪茄！」然後我聽到有人喊我。

可惜不是弟弟，他從來不會直喚我名字。我把頭仰高，看到媽媽在陽台對我嚷叫著：「是另外一邊啦！」

另外一邊？對呀！怎麼沒想到，另一邊有超商、也有漫畫店，任何一個逃家的十歲男孩都會選這邊的。

弟十歲，我十三歲，卻只差了兩個年級，因為他生在年頭我年尾，由於這樣，成績表現的高下，就因此更明顯……「妳弟晚入學反而考得比妳好！」這類句子聽多了，慢慢構成我對弟的排拒。

所以我總是連名帶姓叫他楊貫延，好像深怕少叫了一個字，或妥協地稱呼他為弟弟——姊弟的距離一旦變窄，天資的對比就會拉大那樣。

我們在賽跑嗎？沒錯啊，我們是在賽跑！弟弟抽屜裡藏著大人眼中沒必要貼上牆壁的賽跑獎狀，反正獎狀牆也沒多餘位置，而我，卻只能可憐兮兮巴著自己接力預賽追過兩位跑者的傲人記憶不放。

漆黑已全然取代了靛藍，在這樣的夜裡，我跑得過他嗎？

弟，你在哪裡？

巡視完附近所有漫畫店、網咖，甚至連不曾聽聞弟去過的電玩店我也繞了一圈，問了又問，依舊一無所獲，我升任為一個愛搞破壞、又辦事不力的糟糕姊姊，爸媽會不會指責我故意不把弟找到？這樣，我要怎麼回家呢？

公園！會在公園嗎？以前爸沒時間帶我們出遊，常常只能把我們領到附近公園，放在遊樂器材爬上爬下，讓我們以為手上翻滾著童年的全部。偏偏，我們玩得很滿足，一點都不覺得少了什麼。後來想想，可能是因為，只要是跟家人在一起，什麼都不算少了。

跑到公園，整個腿都軟了，儘管知道公園池塘水位低到連魚都養不成，我還是率先往池塘奔去求個心安。

池塘是見底的夜間沙漠。

這一鬆懈，我解脫般癱坐石緣，摀住嘴，不敢哭得太招搖。

一個失敗的姊姊，是不值得被安慰的。

「雪茹！」一個熟悉的聲音傳來：「是妳嗎？雪茹。」

我望過去，像作夢，嘉純朝我走過來。

「嘉純……」我趕忙擦擦淚，「妳怎麼會——」

「我剛打電話去妳家，妳媽說妳跑出來找弟弟了。」她遞來一張面紙，「我就想妳一定是在這裡，好幾次妳都是跟我約在公園。」

「我真的好擔心。我所有地方都找過了，看來得去報警了。」

「所有地方？越野車展覽會有嗎？」

「越野車展覽會？」

原來，上次在弟的電腦即時通忘了登出，怎麼也沒料到自己的好朋友就陰錯陽差跟弟弟聊了起來，嘉純沒提到為什麼瞞著我這件事，但我猜也知道，一定是弟怕被我罵，所以叫她不要講的。

我好慚愧，自己比一台電腦還要冷漠。

「嘉純，妳還想知道瓷娃娃是誰送我的嗎？」跑往展覽會途中，我開口問她。

「想。」她看著我：「妳可以再找機會慢慢跟我說，現在先找到妳弟最重要。」

不知是否因為跑步的緣故，我身體升起一股暖意，內心的惶恐基於友誼還在，而稍稍緩和，我想，嘉純並不如我所想的那麼自私，她只是

12 大西瓜

跟我一樣，偶爾很固執、很堅持自己的想法，雖然我很想拿一支調羹用力把她敲醒，但是，如果她不是這樣，那我也不會想跟她做朋友吧。

況且，更想用力敲我的才是大排長龍呢！

到了越野車展覽會場，才知道，入夜後，活動也剛好結束，主辦單位忙著收撤會場，四周意猶未盡的人群逐漸疏散。

而我們卻不能放棄希望。

「我們分頭找，妳再撥手機給我。」

分頭後，我才想起身上沒銅板，沒辦法撥手機給任何人。

廣場偌大，最遠的民眾有如螞蟻，或許我更該撥給高樓住戶，懇請哪個好心人拿望遠鏡協尋。

想到這裡，我不由得望向會場人員——他們該有大聲公吧？

「大西瓜，你在哪裡？大西瓜！」為了怕弟被綁架，我對借來的大聲公喊出了他的小名，「大西瓜，我是姊姊雪茹，你快出來，我們都很擔心你！」

其實也不算小名，而是偶然取好玩的一個暱稱，當時我們和鄰居玩著猜水果遊戲，我當草莓，他說他要當西瓜，「而且是小西瓜。」他自豪年紀最小，可是我不同意：「我看你頭那麼大，當大西瓜好了。」，他就傻傻順了我的意。

好幾年過去了，當時的小西瓜，現在也真得叫他大西瓜了。

「大西瓜……」叫著叫著，我臉濕了，濕黏有如西瓜水由眼睛流下。

再怎麼沙啞、哽咽，還是揮不去心裡的內疚。

我這才體會到，遺失的珍貴事物如果找回來必要好好珍惜，那是什麼感覺。

當人群越來越稀疏，希望似乎也越渺茫時，我卻逐漸看清楚他們的去向，有些朝南、有些朝東，也有黑影朝……東南方的……一個缺口，樹擋著，那裡有路嗎？

我直直朝那個方向走去，「東西該還我了吧！」鬆開手，任人將大聲公索回。前面，越近就越黑——為什麼有人朝這裡走呢？

我走進暗處，幾近純黑的那種黑暗，有如那晚停電同爸共處那樣的——溫暖的黑，更多黑色的漸層朝我湧來，借助觸覺和聽覺，我摸到角落，有個拐彎，我小心翼翼移動步伐。

然後，聽到了啜泣聲。

我把門推開，日光燈灑亮整個倉庫。

「貫延……」看著弟弟趴在木箱上哭，我悲從中來，仍把淚忍住，一個人哭就夠多了。

「姊，我們——」弟抽噎著努力把話講完：「我們不要回家了好不好？」

「為什麼……」

「一回家，媽一定又會罵妳。」

聽完這句話，我再也忍不住，上前把弟抱緊。

「姊姊本來就該罵了。」弟的肩膀被我弄濕，他好瘦，「你也可以罵姊姊啊。」

「不要，姊，我不要妳被罵，我要妳乖乖的，不要惹媽生氣。」

「好，姊姊會乖乖，可是你也要回家，姊姊會好好保護你——」我看著弟的眼睛：「告訴姊，你的腿傷是被誰欺負的？」

「我不能講……」弟哭得更大聲了。

「為什麼不能講？」我真的好懊悔沒有及時保護他。

「我講了妳又會跟媽吵架。」

我錯愕。

「是……是媽打的嗎？」

弟吸吸鼻子，滿眼的委屈。

「那天——那天媽要檢查妳的考卷，我把我九十幾分的考卷改成妳的名字，後來妳跑出去，媽就發現了……」

我把嘴摀住，不忍多聽。

12 大西瓜

「姊，我好羨慕妳，妳跑出去，爸媽都不會擔心，因為……因為大家都知道妳可以照顧好自己，不像我，大家只會一直討論我的成績，每次考五名內還是擔心爸媽會不滿意……」

我把淚擦掉，該比弟更勇敢才對。

「那你就應該讓大家知道你想騎越野車啊，大西瓜，姊升高中以後會打工存錢買一台越野車給你……」

「我要變速的。」

「不能太貴喔……你只拿九十幾分的考卷給我擋。」

「那不一樣，因為我知道媽不會相信妳考一百分啊！」

討價還價，我終於破涕為笑了，摸摸他的頭：「好啦，大西瓜。」

「才不咧！大西瓜是妳，妳頭比較大。」弟不甘心，也伸手朝我頭摸回來，「妳剛剛為什麼要喊出自己的名字？這樣，大家就知道妳弟弟是大西瓜了！」

「哈，你承認了，你是大西瓜。」

「嘻……」

很慶幸就算已經認識彼此很多年了，現在哭完又笑成這樣，好像我們年紀還是那麼小。既然如此，就沒有什麼是嫌晚的。

夜裡的倉庫，多出一點溫暖、一點寂寞，兩種放在一起，好像又抵銷掉了。

其實也沒關係。我們早都用力記住，不會再不見了。

13 梯形

後來，我偷偷把客廳那隻抓癢用的如意棒折斷，塞進垃圾桶裡。當初媽買了它，我就猜過有一天會用來打人，可是怎麼也沒料到，會先用在弟身上。

而嘉純聽完瓷娃娃的由來，可樂也剛好喝完了，她投籃差點得分，撞到棍子彈了出來，才想到要垃圾分類。然而，她不贊成好朋友也要分類，她認為我不應該在意他人的眼光而和好友疏遠，反而鼓勵我去把國一的最要好的朋友曉津找出來聚聚，我聽了裹足不前。

「可是都一年多沒跟她連絡了，會不會很奇怪啊？」

「怎麼會！妳聯絡她，她才會知道妳有多珍惜這段友情啊！」

「那……妳不會介意嗎？」

「妳說吃醋喔？」她打了個嗝，笑出來，「哈！妳又不是去跟莊怡芳講話，我為什麼要不高興？」

她說完，我低下頭來。

「不過……」她把瓷娃娃塞回我手裡：「妳現在就算跟莊怡芳講話，我也不會不高興了。」

「真的嗎？」

「我想過了，我們升九年級終究要重新編班，萬一妳跟莊怡芳同班，難道我要拿遙控器操控妳嗎？」她看著自己的手，語氣難掩失落：「我們以後也許會各自交到更好的朋友，也或許不會，不論怎樣，只要我們現在真的很在乎彼此，也過得很快樂，那就很足夠了，妳不覺得

嗎？」

我點點頭。

「雖然這個瓷娃娃不能送給妳，但我可以買個一模一樣的給妳。」

「我不要，我生日那次妳送我的Hello Kitty吊飾，對我來說，就已經是最重要的信物了——而且，不輸這個瓷娃娃對妳的意義喔！」

「妳不覺得那個Hello Kitty掛在書包上太重了嗎？」我笑。

「怎麼會？」

「喔對，我忘了它很小。」

好慘，模擬考那天的神遊竟然還殘留在腦裡。

我跟曉津約在國一放學後我們最常去的那間泡沫紅茶店裡，她頭髮整個染得更紅了，菸依舊不離手，一點都沒變，她說每次她們學校訓導主任念她頭髮，她就把家長簽署的同意證明書秀出來當擋箭牌，還說訓導主任跟她說：「人類應該進化，不是像妳一樣退化成紅毛猩猩！」

我笑。

表面笑，心裡很替她難過。很希望她好好考國三的基測，說不定可以念到一所不錯的高中，以後不用再被罵壞學生，也不用和國中一樣，逼不得已常常轉學了。記得以前國一，我跟曉津要好，還引來一些女生不以為然，可是我不在乎，我不需要一個完美無缺的朋友，而是需要一個交心的朋友，雖然個性很不一樣，但是超合得來、處得很愉快，那也沒辦法啊！

飲料只喝到半杯，她朋友就來載她了。一台沒消音器的機車，挺吵的。

「要不要一起去釣魚？三貼。」她跳上車，連安全帽都沒戴。

「不用了。」我對她笑笑，擺擺手。

車又轟隆轟隆騎走了。

低下頭，我把自己那杯梅子綠喝完，見底，兩顆酸梅露出頭來，有如溺水被救上了岸。

再往外看時，爸已經在外面等我了。

他笑笑朝我望著，不知道已經站多久了。

「爸……」

好奇怪，停電那天，在黑暗中跟爸說了好多話，這回太陽卻把我倆照得尷尬了，可能是平日爸太忙沒機會打照面，直到真閒了，對看眼睛，就會有點不習慣吧！

「這次模擬考，考得不理想喔。」爸發動汽車，對我說。

「最近發生太多事情，才會考得一塌糊塗……」

不過我對爸保證，升上國三一定會迎頭趕上，不會再分神了。

他不信也得信，誰教我是他的乖女兒呢！（這是爸說的，不是我說的喔。）

紅燈，車停下來。

前面是十字路口，把擋風玻璃切成四等分。

我沿著擋風玻璃邊緣看著，發現玻璃形狀是梯形的。

記得之前我把爸、媽、弟、和我，想成座標上的四個點，而我的位子是最糟的（－x，－y），不生雞蛋專拉雞屎，現在想想，也許一家人落在四個點，不是為了解答是非題，比較誰好誰不好，而是為了連連看，畫成一個梯形。

梯形，一個屋頂，家的形狀。

爸和媽的位子收訊比較好，可以裝天線，我和弟的位子，遮雨也不錯啊！

我以前就在美術課裡畫過那種理想中的屋頂，怎麼會沒想到呢？

雖然我們家住公寓，沒有那麼漂亮的屋頂，可是有個梯形在心裡，這樣就很美滿了。我把梯形的祕密告訴弟弟，後來吃晚飯的時候，我們刻意把椅子往後拉一點，一家人真的連成了屋頂形狀的梯形，好開心。

「你們在笑什麼？」

「沒有。」我們連忙憋住，搖搖頭。

我和弟弟私下也說好，以後要換到爸爸媽媽的位子，好好照顧他

們。

「你為什麼有棒棒糖可以吃？」吃完飯看電視，我問弟。

「在廚房櫃子裡，自己去拿！」

我走向廚房，聽到洗碗聲。

放輕腳步，看到媽在流理台處理飯後殘局。

我們對看一眼，又雙雙避開。這也算默契的一種吧，我想。

我走向櫃子，打開，停了一下，我想媽也許會問我找什麼。

可是她沒問。我找到棒棒糖，拿了一支，轉身，看著媽的背影，等她轉頭看我。她沒轉，也沒講任何話。想跟媽說話，可是一時之間想不到哪個話題是可以好好講下去的，於是我打消念頭，撕開糖果紙，糖棒塞進嘴裡，往客廳走。

「紙屑呢？」媽突然把我叫住。

我愣愣打開手掌，亮給她看。

「不丟垃圾桶，握在手上做什麼？」

我笑笑，走向媽旁邊的垃圾桶，丟完我說：「媽，我幫妳沖水。」媽顯得有點不知所措，讓出一個位子給我，這個家的碗盤，向來不是媽洗，就是我洗，從沒有過母女一同解決的先例，所以「我幫妳沖水」這句話，八成也是媽第一次聽到。

真奇妙，那麼簡單的一句話，怎麼會沒在我們交談中出現過呢？畢竟，以往我們爭吵，也用過了不少句子……如果會不小心用到，大概也是沖在臉上吧，哈。

沒多久，我和媽就達到一樣的規律，她洗一塊我沖一塊，分秒不差。

自從上次那件事，大家把脾氣爆開來，我就察覺媽心裡很不好受，也不再對我大聲了。

「爸跟妳說了吧？」

「說什麼？」

「成績。」媽簡短地。

「喔，有啊。」

「下次考試要認真一點，不要再考滿江紅了。」

我點點頭。其實猜得到滿江紅是什麼意思，可是我還是逮住這個話題，問了媽：「媽，什麼是滿江紅啊？」

「喔，以前的成績單都是用原子筆寫，考不及格，老師就會拿紅筆來登記分數。」

「是喔！」洗完，我拿起棒棒糖，繼續吃，「那妳都考幾分啊？媽。」

「我都考很好，不像妳那麼不用功，英文只考76分，像什麼話？」

說著，媽也童心未泯，學我拿了根棒棒糖含著。

唉，可惜媽不知道，國中英文考這樣已經算高分了，她不該拿我的分數跟國小的弟弟比，我爛的可是理化——但想想又不對，媽明明也讀過國中啊！說不定，媽以前英文真的考很好。

13 梯形

「雪茄。」

「嗯。」

「妳是因為媽對妳凶，才故意考不好的嗎？」

「不是啦！媽，妳不要想太多了……」我跑去靠在她身邊，原來她是因為這樣才請爸跟我講的。

「那就好，其實媽罵妳是為妳好。」

「嗯。」

「罵人很累的。」

「我聽得也很累啊！」講到這裡，又差點吵起來。

我們不約而同用棒棒糖堵住嘴巴，彷彿一籌莫展，又有點好笑。

「那以後休息一下好了。」媽說，有如下了一個結論：「嗯，這種糖果還真好吃。」

「妳那應該是鳳梨口味的，我這是草莓的，照理說，鳳梨不會比草莓好吃。」

「真的嗎？」

「喏！」我把糖果朝她嘴邊湊去。

媽舔了一口，「亂講。」還瞪了我一眼。

「過分！」我也回瞪她。

然後，我們都憋不住，笑了出來。

我今年已經十三歲了，年底過完生日就會變成十四歲，到時候，除了一歲之外，鐵定還有別的東西會從我身上多出來，我隱約感覺媽知道那是什麼，只是沒開口跟我講，唉，沒關係，反正就跟生日禮物一樣，時間一到，才會知道嘛！

十四歲生日會收到什麼禮物呢？好期待喔。

「哦！媽，抓到了，妳冰箱門忘了關喔！」其實媽還蠻好相處的。

「有嗎？」偏偏這種小事最讓她激動。

「哈，騙妳的啦。」

14 日記

為了清理烤肉殘局，值日生嘉純和我，繞過校園各個角落，很多處甚至是我們沒到過的。這感覺有點奇妙，又似乎不必太大驚小怪，畢竟，血液再怎麼旅行人體，也是流不進頭髮跟牙齒裡面啊！可見這座學校，一定還有其他地方是我們到不了的。

好快喔，國二都快結束了。想起一年前踩進八年八班教室，多數面孔都是陌生的，跟現在比起來，大家的臉可說是都換了一張，就像慢慢擦亮那樣。

蔡明達，看臉就知道是乖寶寶，若不是運動會還不知道他還有個「飛毛腿」的稱號，直到上回看到他揮出拳頭，更驚訝掀開資優生身上的獎牌獎狀，裡頭也藏著為了爭口氣不惜與人大打出手的莽撞，這可跟他超強的數理邏輯大相逕庭；王凱貞，表面上是永遠的強者，操控著班上女生的話題和時尚主流（比方毒蛇頭），可惜，跟她槓了起來，才發現，裡面空空的，還有迴音，原來是生鏽鐵管啊！看著她繼續虛張聲勢，好像深怕別人聽不到她的吼叫聲，想想，我們兩個都蠻無聊的，也就不想陪她鬧了；周哲宏──

「喂，雪茹，妳剛剛為什麼拿烤肉去給周哲宏吃啊？」嘉純手上那袋快裝滿了。

「這有什麼好奇怪的？我不是也拿烤肉給妳吃嗎？……還有熱狗咧！」

「看他好像還蠻高興的。」

「真的嗎？」

「妳走回來時，我看見他望著妳笑啊！」

「是喔……」我暗暗高興在心裡，這樣也算了卻我心中的一個愧疚。

「不只男生喔，女生也是很欣賞妳的作風，她們說：『雪茹很乾脆，不像有些人……』，這樣算誇獎，沒錯吧？」

我吐舌頭，給了她一個鬼臉，往別處走。

「雪茹，妳要去哪？」

「那邊有一個鋁罐，我要去撿啊！」

「我跟妳一起去！」

嘉純也真是的，當個值日生也要跟連體嬰一樣。

「雪茹，九年級如果我們沒有同班怎麼辦？」

「只好下課時間跑來跑去囉！」

「那要說好哪節下課該輪到誰喔，不然，這樣常常在半路上碰面也不是辦法。」

我笑笑，沒有讓她知道，其實我更希望，我們都能在各自的班級交到新朋友，學到新的事物，好比課本寫的，朋友真像是一本一本的好書……

我低頭看看制服——可惜書皮都一模一樣。

「雪茄，放學後我們去吃芒果冰好不好？我說要請妳的。」

「妳不是打彈珠贏我，不用請了？」我心頭一顫，望她。

「其實……」

「其實什麼？」彈珠台匆匆晃過我腦海。

「其實——我知道妳很想吃，所以我決定還是要請妳！」

「好啦！」我笑著，拿她沒辦法：「妳還真會挑時間，肚子裡都是烤肉，超飽的。」

嘉純還是沒有把打彈珠作弊的實話說出來，然而差一點承認對我來說就已意義非凡，畢竟，每個人都大有權利在心底留下一小塊祕密角落來放東西，哪怕只是一碗芒果冰，或一個瓷娃娃。我不介意嘉純什麼時候要把那碗冰拿下來，我也不認為就算她永遠不說實話，將會損及我們友誼一絲一毫。

下個學期，未來合拍畢業照的同學就要另外底定，現在能做的，除了珍惜這批有緣同班的同學之外，其他反而使不上力，沒力氣去生氣了。

學期最後一天，沈南與老師拿了兩個包裝精美的「東西」進教室，引來大家竊竊私語好奇著，待老師說明原委，卻引來了更大的猜疑。

「老師要獎勵這學期表現優秀的三位同學。」

三位？老師會不會講錯了？他可是只拿了兩包獎品啊！

大家左顧右盼，不外乎就看看考試前三名的同學，大概也不會有別人了。

問題是，第三個獎品是什麼？難不成……難不成老師要獻吻？

不過，當第一個人選揭曉，懸疑的氣氛就沖淡不少，毫無意外，蔡明達雀屏中選，老師讚美他品學兼優、熱心助人……當「文武雙全」這樣的形容詞脫口而出，大家還竊笑了一下，感謝老天爺沒讓老師知道蔡明達和戴健輝對打的事，否則蔡明達的模範生戰役，就前功盡棄了，就這點來講，本班還挺合作的，保密到家！

「第二位同學，」老師忽然沉下臉：「邱美惠。」

全班譁然，隨即又止住，因為有如噓到自己。

「大家可能不知道，邱美惠轉班之後，很受八年十一班同學照顧，雖然成績沒有明顯進步，但是，至少她過得很快樂，老師剛剛已經把獎品送給她了，我很高興她可以走出你們帶給她的陰影。」說著，老師嘆了一口氣：「最後一天，老師也不想罵你們了，只希望，下學期不管分配到哪一班，都要把這個教訓帶過去好好反省，好好約束自己是不是有關心、愛護同學，如果有機會和邱美惠再度同班，也不要忘了跟她說聲對不起。」

14 日記

唉，這番話真是說到我們心坎裡，本班大概沒幾個同學有臉跟邱美惠同班了！

「第三位表現優秀的同學——」

我看看王凱貞，會是她嗎？

「楊雪茹。」

全班把目光轉向我……

我的嘴巴被他們越看越大，這……這不會是整人橋段吧？

正當大家也陪著我一起驚訝的同時，老師拿起一張美術畫作，當著全班展開來，那瞬間，我有種邱美惠遭撕毀的畫作被不可思議膠水修復的錯覺……

「這張圖，是楊雪茹畫的。」經由老師點醒，我才想起自己的確畫過這樣一張圖，「前幾天在翻你們的美術作業作品，想回顧你們一年來的種種……突然，楊雪茹這張畫讓我大吃一驚。」

大吃一驚？不會吧？這張又畫得不怎麼樣，如果這就是我得到獎品的原因，搞不好全班會圍毆我！

「記得之前老師懷疑楊雪茹作文裡的吃人樹故事是抄來的，可是，今天老師看到這張圖，發現作文裡那棵樹，早出現在她的畫作裡了。」老師的手朝畫裡的樹一指，老實說，我都忘了曾在樹上畫了眼睛和嘴巴。

我假裝嘟嘴，心裡卻有沉冤得雪的痛快，我不去看王凱貞，她一定很不好受。

老師微笑，繼續說：「然後，上次作文再看她寫了一篇『我的家庭』，看著她在文章裡把爸爸、媽媽、弟弟描述得像花草那樣生動，老師更加確信，楊雪茹是有實力寫出一棵樹張開大口，把附近小孩全部吃掉的。」

全班大笑出聲，我好開心，老師把我的家人分享給我的朋

友，好像這樣就等於邀請他們來我家作客一樣。

「昨天雪茹的媽媽打電話給我，說雪茹最近變得好乖，要感謝我教得好，其實老師受之有愧，因為，這一切都是雪茹自己的體會和轉變，因為她懂事了。」

正當所有目光朝我看來，宛如臆測著我接不接受，我卻把心裡的感動忍住，站了起來：「老師，有句話我要代表全班跟你說。」

全班同學屏息以待我這隻噴火龍又要噴出什麼東西——

「你鬍子該刮一刮啦！」我聽到自己這麼說。

我想多年後，我都會記得當我把話講完，全班同學揚起一陣簡直要把屋頂掀翻似的歡呼，那一刻，我一定是施展了法力，才有辦法讓同學「萬歲」成這樣，即使我心裡不過是想著：今天不耍寶，以後也沒機會了。

一個簡單不過的想法，有如從黃聖添腦裡偷來的惡作劇點子，卻帶給大家如此歡樂的一刻，只差沒有把帽子往天花板丟去，彷彿單單這一瞬間，也可以化為「時光」，提供我們全班日後微笑著把它拿出來好好回憶。

因為這樣，樹才更應該有眼睛啊！不然，孤零零站在外頭，看不到教室裡我們那麼快樂，樹會很孤單的。

放學了。我最後一次以國二學生的身分環視校園，下學期，學校裡就不再有學長學姊了。原來這就是升上國三的感覺，既擔心沒辦法當個好榜樣，又興奮學弟妹變更多了。而從他們臉上，是不是也會看到以前的自己呢？

很快就會知道答案了。

14 日記

在嘉純上廁所的空檔，我把老師送的日記本打開，拉起書籤線將它一分為二，前面一半我要趁著記憶猶新，把國一、國二所有值得紀念的事都寫上去，可想而知，大西瓜、吃人樹，和那隻不知跑到哪裡去的布鞋，都會藏進我的日記裡。

而後面一半，當然就是從國三的新生活開始寫起囉！

也還好上回遺失在福利社的作文簿後來失物招領回到沈老師手上，保管得好好的，今天失而復得備感窩心，老師建議我把文章拿去投稿校刊，我還在考慮，因為想把故事修改出一個美好的結局，讓吃人樹改邪歸正變成好人樹，造就光合作用的由來……

遠處蒲公英彷彿聽到我心底的話，輕輕朝這邊飄來，停在我鼻子上。就在我伸手撥去棉絮時，發現遠處同學們穿梭於指縫，有如急於躲避我巨大手指的襲擊。

我手停了，忽然想到，也許格烈佛從未到過小人國，他只不過是喪失記憶，暫時忘了自己本是偉大的巨人。一如我常常在降旗典禮看到自己的影子像山一樣高高隆起，有種說不出的快意，那隱藏其中的澎湃，正是我慣常忽視的珍貴事物……

我本是巨人楊雪茹，也就是我自己。

前方不遠處，一個男生倚在牆邊望著我看，也沒別人，就是戴健輝，可見對巨人國度而言，地球真是很小。他一定覺得我怪怪的，伸隻手擋住眼睛做什麼。

我對他微微一笑，心想巨人只要輕輕牽動嘴角，其威力足可震裂大地，我倆之間區區一堵牆更不用說了。

轟隆轟隆……小意思啦！

戴健輝這也笑開了，朝我走過來，個子迅速增

大，一定是喝了什麼神奇藥水。

看來我得先想好咒語來對付他了。

找回創作的手感（後記）

九〇年代末，電腦普及汰換了稿紙書寫，適逢一次投稿的挫敗，當時還是學生的我順道跟熱愛的文學創作斷了聯繫。其後踏入電視圈編寫劇本數年，絲毫不覺那是多大的損失。

直到前年偶然得知九歌現代少兒文學獎徵文，一個靈感閃過，衝動敲

打起生平第一篇兒童文學：《紐約老鼠》。也從邊幻想邊傻笑的過程中，回到了文學懷抱。失去跟找回，都是不知不覺。

當初只單純想用生動的文字編織一個有趣的故事，而讀者反應似乎證明這個故事很不錯，我也才會從中得到成就感，並持續創作。隨之發現，這塊園地，其實有相當多元的發揮空間，兒童文學的城堡，更有賴創作者們熱情的探索和維繫，很高興可以在這裡和大家相見歡。這次《灰姑娘變身日記》描寫國中生遊走於幻想和現實之間的思維狀態，對自己、家庭和友誼的價值觀種種，從質疑到領會的過程，是一篇幫助學生建立自信的好故事。

任何事要重新適應都是不易的。想起第一次觀摩線性剪接，看著那些眼花撩亂的嫻熟手部動作，我不禁嘆為觀止，原來，「這叫做手感。」剪接師跟我說。一年多來重返文學懷抱，陸續得了一些獎，就連我自詡最不擅寫的散文也獲得了肯定，我想，這就是創作的手感吧。

希望以後還能找回更多這樣的感覺。

這次得獎，母校台南縣西港國中厥功甚偉。本人畢生唯一的演講比賽獎狀、田徑金牌，以及罕見被認可為合群的群育獎畢業榮譽，都是在國中得到的。所以你可以想像，我的國中生活過得有多麼充實愉快，我想，如果沒有這麼美好的三年生活，灰姑娘的這本日記恐怕就要失色囉……

更高興的是，《紐約老鼠》的尼克和查理，終於有一個灰姑娘作伴了！

感謝構成我國中美好三年的所有人，我愛你們全部！

也感謝八〇年代那些質疑過梅莉史翠普，以致愈加鞏固她演技傳奇的人。

當然還有影響我甚鉅的國中導師，感謝國中同學謝嘉純、王凱貞、蔡明達、莊怡

芳（和她弟弟莊傑成）把名字借給我用。感謝雖不諳寫作、但建言神準的夜市不厭其煩幫我看稿。感謝永遠的死黨水瓶雯。全天下最善良的廣恩。奇摩家族多年來交流電影種種心得的朋友，關心我的阿姨、張兄。相愛的人。文學網站的好友兼未來大作家——大醉、榕笙、費Sir……等。還有書書暢銷的好友食凍麵，他不只是點子奇多的時髦份子，也是吃吃喝喝的好夥伴。我會考慮改名為陳匪任，因為得到那麼多，我簡直不輸土匪。

感謝印證史蒂芬金那句：「寫作是人，編輯如神」的九歌編輯團隊，才華洋溢的霸子，將《紐約老鼠》畫得那麼棒的淑儀。

感謝這個改變我生涯的文學獎，我會繼續寫，寫到大家認為我很棒。

然後，嘿嘿……還是不會停。

愛所有讀者的Wayne 二〇〇八年七月

作者簡介

陳韋任

曾獲兩屆九歌現代少兒文學獎、2007年吳濁流文藝獎等兒童文學獎項；小說、散文、新詩作品亦獲多項文學獎肯定。

當過電視編劇、演員、副導、剪接、執行製作，以及開眼電影網影評撰稿人，最高興能被喚為作家，更高興永遠專職梅莉史翠普頭號影迷。近期心願是寫梅莉史翠普專書。

自幼起大量吞食電影，熟知影史發展脈絡。經營歷久不衰奇摩電影家族「奧斯卡坎城柏林威尼斯都可以」，廣獲好評，歡迎大家加入。

http://tw.club.yahoo.com/clubs/oscar333

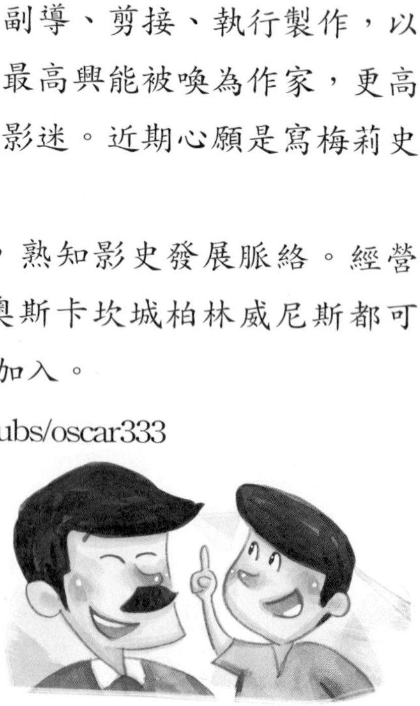

繪者簡介

霸　子

本名張志傑，東海大學美術系畢業。曾與多家出版社合作出版兒童繪本讀本及封面插畫。持續嘗試多種畫風磨練技法。目前為接案插畫家及養雞人家。

並不拘泥於固定一種風格，總想讓人感覺到淡淡的喜感在其中，想要畫出讓人感到驚喜與快樂的畫是我的理想也是目標，而且會一直秉持著這樣的信念繼續創作下去！

九歌少兒書房 175

灰姑娘變身日記

定價：230元・第44集　全套4冊920元

策劃：九歌文教基金會

著　　者：陳　韋　任
繪　　圖：霸　　　子
美術編輯：紀　琇　娟
發 行 人：蔡　文　甫
發 行 所：九歌出版社有限公司
臺北市105八德路3段12巷57弄40號
電話／02-25776564・傳真／02-25789205
郵政劃撥：0112295-1
九歌文學網：http://www.chiuko.com.tw
登 記 證：行政院新聞局局版臺業字第1738號
印 刷 所：晨捷印製股份有限公司
法律顧問：龍躍天律師・蕭雄淋律師・董安丹律師
初　　版：2008（民國97）年9月10日
初版2印：2010（民國99）年2月10日

ISBN 978-957-444-531-8　　Printed in Taiwan
書號：A44175

國家圖書館出版品預行編目資料

灰姑娘變身日記 ／陳韋任 著，霸 子 圖.
--初版. --臺北市：九歌, 民97.09
面； 公分. -- (九歌少兒書房; 第44集
；175)

ISBN 978-957-444-531-8 (平裝)

859.6 97014905

九歌少兒書房